Wasser, Wind und Weite

Katja Fiona Graf

Roman

Wasser, Wind und Weite

Katja Fiona Graf

Bibliografische Information der Deutschen Nationalbibliothek:
Die Deutsche Nationalbibliothek verzeichnet diese Publikation in der Deutschen Nationalbibliografie; detaillierte bibliografische Daten sind im Internet über http://dnb.dnb.de abrufbar.

© 2015 Katja Fiona Graf neue Auflage 2023
Coverfoto: ©Canva
Coverdesign: ©Katja Graf
Lektorat: Anke Kleemann

Herstellung und Verlag: BoD – Books on Demand, Norderstedt

ISBN: 978-3-739204079

Für Stefan

*In Erinnerung an einen wunderschönen Urlaub.
Love you to the moon and back.*

Zum Buch

„Papa, ich bin so weit gefahren, bis da kein Land mehr war und es fühlte sich noch immer nicht weit genug an."
Lenas Welt gerät aus den Fugen, als sie entdeckt, dass Robert sie die ganze Zeit nur belogen hat. Sie flieht vor ihrem alten Leben auf eine kleine ostfriesische Insel und lernt Dierk kennen, ein Mann, der irgendwie immer für alles eine Lösung hat, und Lenas Welt droht plötzlich kopfzustehen.
Soll sie wirklich alles stehen und liegen lassen und ihrer Heimat für immer den Rücken kehren?

Ein Roman über die Wandlungen im Leben und die Veränderungen, die es manchmal braucht, um etwas Neues zu beginnen.

Über die Autorin

Katja Fiona Graf schreibt seit über 20 Jahren Romane und Kurzgeschichten. Am liebsten schreibt sie über das Meer und das malerische England, wo sie eine Zeit lang gelebt hat. Ihre Geschichten handeln von Menschen und den Veränderungen des Lebens. Aber immer mit Happy End Garantie. Ihre Bücher sollen Mut machen, auch wenn es im Leben mal nicht so läuft, wie geplant. Katja Fiona Graf wohnt mit ihrem Mann im fränkischen Nürnberg. Neben dem Beruf studiert sie Psychologie und betreibt ihre eigene psychologische Beratungspraxis Lebensfreude.

Wasser, Wind und Weite war ihr erster Roman.

Weiter erschienen sind:
2016 - Wasser, Wind und Weite
2017 - Küss mich, bevor du gehst
2019 - Keine Sekunde länger
2021 - Evan – always forever

Inhaltsverzeichnis

1. Die Flucht	9
2. Im Watt	24
3. Dierk	36
4. Robert	50
5. Die Entscheidung	69
6. Simon	81
7. Wasser, Wind und Weite	90
8. Freising	103
9. Dreamteam	125
10. Elton John	131
11. Die Überraschung	146
12. Tage am Meer	163
Epilog	172
Danksagung	177
Leseprobe	181

1. Die Flucht

Lena saß am Strand und blickte hinaus aufs Meer. Sie hatte die Lehne ihres Strandkorbs etwas zurückgestellt und das kleine Fußbänkchen ausgezogen. Geschützt vor der steifen Brise, die hier immer wehte, genoss sie es, in der Sonne zu liegen. So hatte sie es sich vorgestellt. Es war wie im Bilderbuch. Die See war heute ruhig und die Wellen schwappten sanft ans Ufer. Das Geräusch der Wellen machte sie ein wenig schläfrig und sie streckte sich gemütlich aus. Der Himmel war blau, hellblau! Ganz anders als zuhause. Hier schien der Himmel durchsichtig und die wenigen Wolken am Himmel wirkten wie dünnes Papier oder Seide, durchscheinend und klar. Sie konnten der Sonne nichts entgegensetzen. Der Tag war strahlend schön und die Sonne zauberte tausende von Lichtreflexen auf die Wasseroberfläche, die wie winzige Spiegel in einem Kaleidoskop auf den Wellen tanzten.

Die Möwen zogen kreischend ihre Kreise über dem Wasser und tauchten ab und zu pfeilschnell in die Wellen, um kurz darauf mit einem Fisch im Schnabel wieder nach oben zu steigen.

Lena sog die frische Luft mit geschlossenen Augen ein und genoss den Geruch nach Salzwasser und Meer. „So könnte es immer sein", dachte Lena und machte es sich in dem geräumigen Strandkorb gemütlich.

Das hatte sie sich gewünscht. Gleich nach der Trennung von Robert hatte sie die Reise gebucht. Sie wollte nur eins: Weg!

Weit weg! Es war weniger ein Urlaub, es war eine Flucht. Ja, wenn sie ehrlich war, war sie weggelaufen. Weg von der leeren Wohnung, den einsamen Abenden, den mitfühlenden Freunden und dem schonungslosen Gerede ihrer Mutter, die natürlich mal wieder „gleich gewusst hatte, dass Robert nicht der Richtige für sie war". Sie wollte das alles hinter sich lassen.

Vor allem die Erinnerung daran, wie sie ihn aus dem Babygeschäft hatte kommen sehen, glücklich, mit einem Zwillingskinderwagen und seiner über das ganze Gesicht strahlenden, hochschwangeren Frau. Lena hatte im Straßencafé gegenüber gesessen und wollte ihren Augen nicht trauen. Erst als Robert den Kinderwagen umständlich in sein kleines Cabrio verfrachtete, war sie sich wirklich sicher.

„Schatz, es wird jetzt wirklich Zeit, dass du dir ein größeres Auto kaufst, in ein paar Wochen sind die Zwillinge auf der Welt! – Wir brauchen eine Familienkutsche, Darling!", hatte seine Frau lachend gesagt. „DU brauchst ein größeres Auto, Schatz!", hatte Robert entgegnet. "Wir kaufen dir gleich nächste Woche ein hübsches Auto mit allen Raffinessen, zwei Kindersitzen, einer großen Ladefläche für den Kinderwagen und allem, was du dir wünschst. Für meine Fahrten ins Büro ist der Roadster genau richtig, umso schneller kann ich wieder bei euch sein". Er geleitete seine Frau noch zur Eingangstür des Ärztehauses, gleich neben dem Café.

„Dr. Meier, Gynäkologe", hatte Lena, von Weitem, das Schild neben der Tür entziffert. „Geh schon mal hoch zu Dr. Meier, ich komme gleich nach, sobald ich unseren „Einkauf" nach Hause gebracht habe." Dabei hatte er lachend auf den großen Kinderwagen, der zur Hälfte aus seinem Cabrio hing, gedeutet. „Fangt nicht ohne mich an!" Mit einem Lächeln war er in sein Auto gesprungen und davongebraust.

Lena war aufgesprungen und im Eilschritt zum Ärztehaus gelaufen. Sie war gleichzeitig mit der Frau am Aufzug angekommen und hatte ihr freundlich die Tür aufgehalten. Lena war sofort der Ehering am rechten Ringfinger aufgefallen. Sie waren also wirklich verheiratet!
Roberts Lüge mit dem Verlobungsring, der noch immer einen weißen Streifen auf seiner Hand zeichnete, obwohl er angeblich schon so lange Single war. Angeblich hatte er den Ring in einen See geworfen. Alles erfunden. Er hatte sie die ganze Zeit über angelogen. Jetzt war ihr auch klar, warum sie immer bei ihr waren. Sie kannte Roberts Wohnung nicht, nicht seine Freunde, nicht seine Familie. Auf einmal machte das alles Sinn, es fügte sich wie ein Puzzle zusammen.
Lena hatte die Praxis nach der hochschwangeren Frau betreten.
„Isabella Hammacher, ich habe einen Termin!" Hammacher! Das war der endgültige Beweis.
„Frau Hammacher, ist denn ihr Mann heute gar nicht mit bei der Untersuchung?" Die freundliche Sprechstundenhilfe schien sichtlich enttäuscht. „Doch, er kommt gleich nach, wir haben nur gerade den Zwillingskinderwagen gekauft, den muss er schnell zuhause ausladen. Er wird sicher da sein, bis ich drankomme!" Frau Hammacher und die Sprechstundenhilfe tauschten ein vertrauliches Lächeln. Isabella strahlte und sah unglaublich glücklich aus. Lena wollte sich übergeben, einfach umfallen, schreien….was auch immer. Stattdessen blickte sie sich suchend in der Praxis um und erklärte der Sprechstundenhilfe, sie suche nach ihrer Freundin, die sie abholen wollte, habe sie aber vermutlich verpasst. Dann war sie aus der Praxis geeilt.
Robert hatte sich am nächsten Tag wie immer per SMS bei ihr gemeldet:

Ich vermisse deine heißen Küsse,
den Duft deines Haares,
deinen sinnlichen Mund.
Wann kann ich dich sehen?
R.

Lena hatte geantwortet:
Ich vermisse weder deine Lügen,
noch DICH!
Habe dich beim Einkauf des Zwillingswagens gesehen
und deine Frau beim Arzt getroffen!
Ruf mich nie wieder an!!!
L.

Dann hatte sie den Entschluss gefasst zu verreisen. Hierher, an die Nordsee. Sie mochte das raue Klima, es passte zu ihrer Stimmung. Die raue See, den Wind und die Menschen auf den Inseln. Sie waren freundlich und ehrlich. Kein unnützes Geschwätz. Wenn sie jemanden nicht mochten, dann zeigten sie es auch, und wenn sie dich mögen, dann geben sie ihr letztes Hemd für dich. Lena mochte die Mentalität der Ostfriesen. Sie waren gesellig, gerade heraus und hatten das Herz am rechten Fleck.

Eine Woche Strand, Sonne und Meeresrauschen, das war genau das, was sie jetzt brauchte. Vielleicht würde sie sich eine kleine Affäre gönnen? Vielleicht mit einem Fischer? Einem rauen Naturburschen mit weichem Kern. Vor Lenas geistigem Auge erschien ein groß gewachsener, dunkelblonder Mann mit einem kratzigen hellen Drei-Tage-Bart. Er trug einen Wollpulli mit Zopfmuster, ein Hanseat, wie er im Buche steht. Lena rekelte sich im Strandkorb. Es fiel ihr schwer, die Augen wieder zu öffnen und ihren kleinen Tagtraum zu beenden. Sie

musste selbst über ihre albernen Gedanken lächeln. Zum Glück konnte sie das jetzt wieder. Nach der Trennung von Robert konnte sie nicht mal weinen. Was war das, was sie hatten?
Eine Beziehung? Nein, dazu sahen sie sich zu selten. Eine Affäre? Dazu dauerte es schon zu lange!
Lena war erst jetzt klar geworden, dass sie Robert nie wirklich geliebt hatte. Er war da, wenn sie es wollte und ließ sie in Ruhe, wenn sie keine Zeit hatte. Er war praktisch! Die meiste Zeit gab er vor, viel arbeiten zu müssen. Kongresse, Tagungen, Reisen. Angeblich war er ständig unterwegs und hatte selten Zeit zuhause zu schlafen. Er blieb fast nie über Nacht, sondern fuhr spät abends in seine Wohnung, unter dem Vorwand am nächsten Tag früh raus zu müssen.
Lena gab sich hier und jetzt im Strandkorb ein Versprechen: Robert war für sie gestorben, sie würde nie wieder auch nur einen Gedanken an ihn verschwenden. Um ihrem Versprechen eine symbolische Tat folgen zu lassen, stürzte sie sich in die Fluten. Sie würde in dem frischen kalten Wasser alle Erinnerungen an ihn abwaschen.

Am Strand war wenig los. Einige Kleinkinder badeten mit ihrem Sandeimer in flachen Kuhlen, die sie sich ausgehoben hatten, einige alte Damen hatten ihre Röcke gerafft, um in dem 18°C kalten Meer Wassertreten à la Kneipp zu veranstalten. Außer ein paar alten Herren mit Badekappe war kaum jemand im Wasser. Lena hielt die Luft an und lief mutig immer tiefer in die kalten Wellen hinein. Als ihr das Wasser bis zum Bauchnabel schwappte, entfuhr ihr ein kleiner Schrei. Es war herrlich, kostete aber auch Überwindung. Lena gab sich einen Ruck und tauchte mit einem Satz unter. Sie genoss das kalte Wasser, die klare Luft. Nach ein paar kräftigen Zügen im Meer fühlte sie sich wie neu geboren. Ihr Kopf war frei, die Gedanken klar und rein wie die See, und sie fühlte sich glücklich, unendlich glücklich und entspannt.

Lena kehrte zurück zu ihrem Strandkorb. Sie hatte den schönsten bekommen, wie sie fand. Er war weiß-blau gestreift und schien nagelneu. Zudem hatte sie Glück und einen Platz in der begehrten ersten Reihe zugeteilt bekommen. Man merkte, dass die Saison zu Ende ging. Die Urlauber wurden weniger, die Ferien waren vorbei, es gab fast nur noch Rentner und Familien mit Kleinkindern auf der Insel.
Lenas Blick fiel auf den Strandkorb gegenüber. Ein Mann saß einsam mit einem Buch auf dem grün-gelben Polster. Lena merkte, dass er sie beobachtete. Er hatte schon seit Minuten keine Seite umgeblättert und schien immer wieder dieselbe Stelle zu lesen.
Lena musste lächeln. Sie wickelte sich in ihr Handtuch und griff ebenfalls zu ihrem Buch, jetzt konnte der Urlaub beginnen!

Das Frühstück hatte für Lena eine Überraschung parat, am Nachbartisch saß „Mr. Right". Lena traute ihren Augen kaum. Sie hatte sich am Morgen schnell geduscht und war in ihre neue Leinenhose geschlüpft, dazu hatte sie das neue rot-weiß geringelte Top gewählt. Jetzt kam sie sich vor wie ein Vollidiot. Sie sah aus wie die Millionen von Rentnern, die jedes Jahr die Insel bevölkerten und meinten sie müssten sich herausputzen wie die Teilnehmer einer Segelregatta. Lena kam sich unendlich albern vor. Die neuen roten Segelschuhe unterstrichen ihr peinliches Outfit nur noch mehr. Dazu kam, dass Lena noch nasse Haare hatte. Sie hatte sie kurz vor der

Abfahrt auf Kinnlänge abschneiden lassen, was sich als ungemein praktisch erwies. Jetzt konnte sie es wirklich einfach nur nach hinten kämmen und an der Luft trocknen lassen, die perfekte Strandfrisur. Allerdings nicht, um beim Frühstück dem Traummann zu begegnen. Lena erwog kurz, in ihr Zimmer zurück zu flüchten, doch die freundliche Pensionswirtin war schneller.

„Guten Morgen! Na? Haben Sie was Hübsches geträumt? Sie wissen doch, was man in der ersten Nacht träumt, geht in Erfüllung! Und bei uns auf der Insel stimmt das sowieso!" Frau Hansen lachte mit ihrer tiefen rauen Stimme. „Tee oder Kaffee, min Deern?"

„Kaffee, bitte!" Lena deutete auf die Kaffeekanne, um eine weitere Nachfrage der Wirtin auszuschließen. Tatsächlich blieb ihr kleines Gespräch am Nachbartisch unbemerkt. Der Fremde war fest in den Artikel seiner großformatigen Zeitung vertieft. Lena erkannte Börsenkurse und Diagramme auf der Rückseite, was den Schluss zuließ, dass es sich um ein Handelsblatt oder die Börsen-Zeitung handelte.

Der kleine Frühstücksraum war sehr nett und übersichtlich eingerichtet. An einer Seite stand ein langer Tisch, hier war ein liebevolles Buffet mit Wurst, Käse, Marmelade, Honig, Milch, Butter und diversen Müslisorten aufgebaut. Daneben stand ein antikes Küchenbuffet, das einen großen Korb mit Brötchen sowie ein Blech Kuchen, eine Karaffe mit Saft und einen großen Obstkorb bereithielt. Hier war wirklich an alles gedacht. Lena fühlte sich unendlich wohl. Das kleine Haus strahlte so viel Liebe und Wärme aus und wurde von Frau Hansen mit alten ostfriesischen Mustern, Keramik und Tischwäsche liebevoll dekoriert.

Lena hatte sich ein Brötchen geholt und genoss den frisch gepressten Saft, ein Ei und den köstlichen Kaffee, als Frau Hansen erneut den Frühstücksraum betrat. Diesmal steuerte sie zielsicher auf den Unbekannten am Nachbartisch zu: „Na, Dierk? Willst noch büsschen Kaffee? Du büscht schooon wiedder voll am Arbeiten, was?" Frau Hansen verfiel leicht ins Plattdeutsche, während sie mit den Händen die Krümel vom Tisch wischte.

Der Unbekannte hob jetzt endlich den Kopf und schenkte seinem Gegenüber ein strahlendes Lächeln. Lena nutzte die Gelegenheit, um ihn eindringlich zu mustern. Er war wirklich der Mann aus ihrem Tagtraum am Strand. Dierk hatte dunkelblondes Haar, nicht zu kurz geschnitten, und einen perfekt getrimmten 3-Tage-Bart. Die dunklen Stoppeln unterstrichen das kantige Kinn und gaben ihm ein sehr markantes Aussehen. Seine Augen waren dunkelblau und schienen zu leuchten, wenn er lachte.

„Nein, danke Tante Wiebke. Ich muss los", damit stand er auf, drückte Frau Hansen einen Kuss auf die Wange und war im nächsten Moment lächelnd zur Tür hinaus verschwunden.

Langsam leerte sich der kleine Raum und Frau Hansen fing an, das Buffet abzutragen.

„Möchten Sie noch Kaffee?", fragte sie fröhlich in Lenas Richtung. „Nein, vielen Dank! Aber können Sie mir sagen, ob ich in der Nähe ein Fahrrad ausleihen kann?"

Frau Hansen griff nach einer der Visitenkarten der kleinen Pension und kritzelte einen Gruß darauf. „Hier, damit gehen Sie nach Hansens Fahrradverleih. Gleich am Ende der Straße. Das Geschäft gehört meiner Schwester. Wenn Sie sagen, dass Sie von mir kommen, bekommen Sie nen guten Preis", und mit einem Augenzwinkern fügte sie flüsternd hinzu, „und die neuesten Fahrräder".

Lena machte sich sofort auf den Weg. Sie hatte nur kurz den kleinen Rucksack und die neue Regenjacke aus ihrem Zimmer geholt und war schon wieder draußen vor der Tür. Mit geschlossenen Augen sog sie die frische Luft ein, die vom Meer her wehte, und fühlte sich so wohl wie ein Fisch im Wasser.
Der Fahrradverleih befand sich direkt am Ende der Straße. Ein mürrischer alter Mann betrachtete sie misstrauisch, als Lena den Hof betrat. Nur mühsam erhob er sich von seiner Bank vor dem Haus. „Een Radd min Deern?", fragte er jetzt in bestem Plattdeutsch, wobei er das Wort Rad mit einem äußerst kurzen a aussprach, dafür das d aber umso mehr betonte.
„Ja, bitte!" Lena überreichte ihm die Visitenkarte. „Ich wohne im Haus Wiebke, Frau Hansen meinte, Sie haben hier die schönsten und besten Räder." Das Gesicht des Alten hellte sich sichtlich auf. „Ah, Sie wohnen also hier? Ich dachte schon, Sie sind eine von den Tagesgästen, die hier am Wochenende immer von den Ausflugsdampfern ausgespuckt werden", er lachte ein tiefes grollendes Lachen. „Nix für ungut, min Deern."
Er griff nach dem ersten Rad in der vordersten Reihe. „Wie wär's damit? Ich mach dir noch Luft auf´ de Schläuche und dann kann dat losgehen". Der Alte mühte sich mit der Luftpumpe, während er zum Haus hoch rief: „Christel, komm du mal! Da is wer von deiner Schwester ihrer Pension".

Mit wenigen Handgriffen hatte er einen schönen großen Korb am Lenker des Rades befestigt und Glocke und Bremsen auf Funktion getestet. Dann kam Christel aus dem Haus. Sie war eine fröhliche, groß gewachsene Frau mit einer Mähne aus kinnlangen, blonden Locken, die ihr vom Wind ständig ins

Gesicht geblasen wurden. Sie reichte Lena freundlich die Hand: „Willkommen auf der Insel! Ich hoffe, mein Vater hat Sie nicht erschreckt, er ist manchmal ein wenig ruppig." Lena musste lachen, „Nein, ganz und gar nicht." Überrascht blickt Lena auf die kleine Papiertüte, die Christel jetzt in den Fahrradkorb stellte. „Ein kleiner Gruß für unsere Gäste", erläuterte Christel herzlich. Lena griff in die Tüte und fand einen Apfel, einen kleinen Orangensaft, ein belegtes Brot sowie einen Inselplan. Lena war so ergriffen, dass sich ihre Augen beinahe mit Tränen füllten. „Wie lieb! Vielen, vielen Dank." Lena schwang sich aufs Rad und radelte davon, bevor sie echt noch anfing zu heulen. Was war denn nur mit ihr los? Sie war doch sonst nicht so nah am Wasser?

Der Inselplan führte sie direkt ans östliche Ende der Insel. Dank des liebevollen „Ausflugspaketes" konnte sie direkt durchradeln, ohne sich in einem Supermarkt um Verpflegung kümmern zu müssen.

Lena fuhr durch einen kleinen Kiefernhain, vorbei an den zahlreichen schönen Villen und Ferienhäusern der besser betuchten Feriengäste, hinauf zum Damm und über die Deichkrone hinunter zum Wattenmeer. Dort machte sie Halt und erkundete die Informationstafel. Sie erfuhr, dass es täglich geführte Wattwanderungen gab, Anmeldung im Haus des Gastes.

Lena entschied, sich gleich für den nächsten Tag anzumelden. Da studierte sie die Tafel weiter, lernte etwas über die Vögel und Tierarten im Watt, den Wattwurm und die Gezeiten.

Lena schob das Rad weiter über die Deichkrone, bis sie das Naturschutzgebiet wieder verlassen hatte, dann machte sie an einer Bank auf einer kleinen Düne Rast. Es war herrlich hier oben zu sitzen und aufs Meer zu schauen. Der Wind blies kräftig und bewegte das Dünengras, das sich in der Sonne in leuchtendem Grün vom weißen Sand abhob. Lena genoss das Brot und den Saft und hatte das Gefühl, noch nie so eine gute Vesper gegessen zu haben. Der Wind und die Luft machten hungrig und die Erinnerung an Christel und den Fahrradverleih ließen es noch mal so gut schmecken.

Lenas Ausflug endete am neuen Leuchtturm. Hier musste sie den Deich verlassen und wieder auf den geteerten Straßen des Inselzentrums fahren. Sie entschied sich für einen Abstecher durch die Fußgängerzone. Dort wollte sie ein paar Postkarten kaufen und sich dann gemütlich in ihren Strandkorb zurückziehen.

In der Fußgängerzone herrschte reges Treiben. Heute war kein Badewetter. Am Nachmittag waren Wolken aufgezogen und ein kräftiger Wind hielt die Leute vom Strand fern. Sie flanierten auf der Uferpromenade, standen Schlange vor der Eisdiele und bevölkerten die zahlreichen Strandcafés. Lena musste absteigen und das Rad schieben. An dem großen Schreib- und Spielwarenladen stellte sie das Rad ab und betrachtete die Ansichtskarten. Lena kaufte drei große Panoramakarten, ohne zu wissen, wem sie schreiben wollte, und entschied dann, den Strandkorb ausfallen zu lassen und sich stattdessen ein gutes Glas Weißwein im gegenüberliegenden Café zu gönnen.

Das inseltypische Bistro mit dem schönen Namen „Düne 17" war gut besucht. Lena hatte Glück und fand in einer Ecke, auf der Terrasse, gerade noch einen kleinen Tisch vor einem Strandkorb. Erschöpft ließ sie sich in die grün-weiß gestreiften Polster fallen und betrachtete belustigt das bunte Treiben auf der Promenade. Genervte Großeltern versuchten, die schreienden Enkel an der Auslage des Spielwarengeschäftes vorbeizuziehen. Hier ließen aufblasbare Schwimmtiere,

Sandeimer und Förmchen in fröhlichen Farben, eine große Auswahl Wasserbälle und jede Menge Windspiele und Drachen, die vor dem Geschäft angebunden waren, die Kinderaugen leuchten. Das Drama war natürlich vorprogrammiert und kaum einer schaffte es, die lieben Kleinen an dem Laden vorbei zu bugsieren, ohne nicht doch etwas zu kaufen. Lena nippte an ihrem Wein und betrachtete weiter die Rentner, die sich in der gegenüberliegenden „Strandboutique" im neuesten Matrosenlook ausstaffierten. Weiter oben an der Straße drängten sich die Menschen in ein Eiscafé. Eine lange Schlange stand am Straßenverkauf an, während andere geduldig auf einen freien Platz im Café warteten. Lena war so vertieft in das Treiben, dass ihr gar nicht aufgefallen war, dass ein Mann auf ihren Tisch zusteuerte. „Entschuldigen Sie, ist hier noch frei?" Lena blickte in zwei wasserblaue Augen und glaubte, ihr Herz müsste gleich stehen bleiben. Sie erkannte Dierk aus dem Frühstücksraum sofort. „Gerne!" Lena bot ihm mit einer Handbewegung den Platz neben sich an und schämte sich bereits im nächsten Moment schrecklich dafür. Noch auffälliger hätte sie ihm nicht zeigen können, wie erfreut sie war. Dierk nahm dankend in einem der geräumigen Korbsessel Platz. Als der Kellner kam, deutete er auf Lenas Glas: „Ich nehme das Gleiche wie die Dame". Lena blickte ihn überrascht an: „Woher wollen Sie wissen, dass Ihnen der Wein schmeckt?" Dierk schenkte ihr ein strahlendes Lächeln. „Die haben hier nur eine Sorte im offenen Ausschank, einen ausgezeichneten Chardonnay. Wer die Insel besucht, trinkt bevorzugt unser gutes friesisches Bier oder Tee mit Kluntjes und Rahm. Wein wird hier selten verlangt. Sie sehen also, mein Risiko war relativ gering." Wieder schenkte er ihr sein umwerfendes Lächeln. „Dierk Hansen", er streckte ihr freundlich seine Hand entgegen. „Lena, Lena Sachenbacher.

Ich kenne Sie aus der Pension. Sie wohnen auch im Haus Wiebke, hab ich recht?"

Jetzt war es raus. Schon wieder hatte Lena gezeigt, dass er ihr aufgefallen war. Sie hätte sich ohrfeigen können.

Dierk Hansen nickte nur mit einem Lächeln. „Sie sind zum ersten Mal auf der Insel?" Er musterte Lena und zog eine Augenbraue interessiert nach oben.

Schon zum zweiten Mal an diesem Tag schämte sich Lena für ihr Segeloutfit. Belustigt zog sie an ihrem Ringelshirt. „Sieht man das?"

„Nein!" Auch Dierk musste lachen.

„Auch wenn man von uns immer sagt, wir Ostfriesen laufen den ganzen Tag nur im dunkelblauen Rollkragen Pulli rum. Ein bisschen stimmt das schon, und das gehört zum Land, das ist wie eine Tracht, verstehen Sie?"

„Hmmmm", Lena nickte begeistert. „Ich finde das auch schön, die grob gestrickten Pullis, die so kuschelig und warm aussehen, irgendwie romantisch. Vor der Abfahrt habe ich mich extra mit ein paar Sachen ausstaffiert, die, wie ich finde, hierher passen, aber jetzt fühle ich mich doch ein bisschen albern." Lena deutete auf ihre knallrote Regenjacke mit der großen Kapuze und dem rot-weiß geringelten Futter. „Obwohl, ich glaub, die Regenjacke kann ich heute tatsächlich noch brauchen", sagte sie mit einem Blick zum Himmel.

„Ja, mit Ölzeug ist man hier nie schlecht beraten", stimmte Dierk ihr zu. „Gerade jetzt in dieser Jahreszeit werden Sie wohl eher mit den ersten Herbststürmen rechnen müssen, als mit Badewetter", gab er zu bedenken.

„Ich hab nichts gegen raues Wetter", konterte Lena. „Es gibt kein schlechtes Wetter, es gibt nur schlechte Kleidung, sagt meine Oma immer."

Dierk legte den Kopf in den Nacken und lachte: „Dann muss Ihre Oma eine von uns sein", sagte er heiter und zwinkerte ihr zu.

Nach einem weiteren Glas Wein bestellte Dierk für sie beide Friesengeist und überredete Lena, sie zum Essen einladen zu dürfen. Die Karte der Düne 17 war klein und überschaubar, aber alles klang so unglaublich lecker, dass man sich nicht entscheiden wollte. Schließlich wählten sie beide die Kressesuppe mit Räucherlachsstreifen und eine Ofenkartoffel mit Schmand und frischen Nordsee-Krabben.

Der Friesengeist wurde gebracht und zog alle Aufmerksamkeit auf sich, nicht nur, weil das Glas angezündet wurde und es nun auf ihrem Tisch brannte, sondern vor allem, weil die Bedienung mit einer winzigen Pfanne in der Hand einen Spruch vortrug, bevor sie die Flammen mit dem Pfännchen löschte:

Wie Irrlicht im Moor
flackert´s empor
Lösch aus…
Trink aus…
Genieße leise
auf echte Friesenweise
den Friesen zur Ehr
vom Friesengeist mehr.

Ein paar Urlauber spendeten spontan Applaus und Lena verbrannte sich beinahe den Mund am heißen Glasrand, als sie den Schnaps so schnell wie möglich runterkippen wollte, um nicht noch mehr im Mittelpunkt zu stehen. Dierk tat es ihr gleich, kippte den Schnaps hinunter, der ihnen scharf in der Kehle brannte, und schüttelte sich lachend.

Die Suppe war köstlich und Lena wusste nicht, wann sie zuletzt so entspannt und zufrieden gewesen war. Die Terrasse der Düne 17 lag windgeschützt. Hohe Glasscheiben, die das Straßencafé von der Fußgängerzone abgrenzten, dienten als Windschutz. Um die Tische gruppierten sich neben tiefen, bequemen Korbstühlen auch Strandkörbe, die nicht nur schrecklich gemütlich waren, sondern mit den warmen Stoffpolstern auch an kalten Tagen für Wohlbehagen sorgten. Gegen Abend brachte die Bedienung zudem noch weiche Decken, die sie auf den umliegenden Stühlen verteilte.

Lena verspeiste, warm in eine Decke eingepackt, ihre Ofenkartoffel. Der Schnaps tat sein Übriges, und bald fühlte sich Lena so satt und warm, dass sie nirgendwo auf der Welt lieber gewesen wäre.

In Dierks Gesellschaft fühlte sie sich einfach unglaublich wohl. Er war nicht nur extrem gutaussehend, sondern auch sehr belesen. Er war weit gereist und sie liebte es, ihm zuzuhören. Er kannte Land und Leute und erzählte ihr alte Geschichten, Seemannsgarn genauso wie wahre Anekdoten der Insel. Es gab sogar ein Heimatmuseum und Dierk empfahl ihr, bei Gelegenheit das Inselmuseum im alten Leuchtturm zu besuchen.

Insgeheim hoffte Lena, dass er sie dorthin begleiten würde, und freute sich auf die kommenden Tage.

"Und Gott nannte das Trockene Erde, und die Sammlung der Wasser nannte er Meer. Und Gott sah, dass es gut war."
(Genesis 1:10)

2. Im Watt

Das Licht, das durch die maisgelben Vorhänge fiel, schaffte die Illusion, dass draußen die Sonne schien. Lena befürchtete aber, dass draußen wie immer ein kräftiger Wind blies, der dunkle Wolken vor sich hertrieb. Schlaftrunken rieb sie sich die Augen und hatte wenig Lust aufzustehen.

Der letzte Friesengeist war eindeutig schlecht gewesen, nur langsam kam die Erinnerung wieder. Sie war mit Dierk heimgeradelt. Nein, Moment, er war geradelt und Lena? Ja, genau, sie hatte auf dem Lenker gesessen. Keine Ahnung, wie sie das geschafft hatte. Bei der Erinnerung daran schlug sie sich das Kissen vor die Augen...oh Mann!

Sie hatte gekichert wie ein Schulmädchen, er musste sie wirklich für eine totale Idiotin halten. Wie peinlich! Eigentlich hatte Lena keine Lust zum Frühstück zu gehen und auf Dierk zu treffen.

Hatten sie gestern wirklich Brüderschaft getrunken? Nein, aber sie duzten sich jetzt.

Das war ein Fortschritt, oder?

Verdammt! Schnell schwang sie ihre langen Beine aus dem Bett und verschwand unter der Dusche. Heute musste sie echt einen besseren Eindruck machen. Herrje!

Nachdem sie eine gefühlte halbe Stunde unter dem heißen Wasserstrahl gestanden hatte, ihre Beine, Achseln und

Bikinizone ausgiebigst rasiert hatte sowie eine Haarkur aufgesprüht, fühlte sich Lena in der Lage, unter Menschen zu gehen. Sie wählte ihre Lieblingsjeans, das neue neonorangefarbene Top und den großmaschigen weißen Pulli mit dem großen Ausschnitt, der auf einer Seite die Schulter freiließ. Sie föhnte die Haare über die große Rundbürste, damit sie Volumen bekamen, und legte ein leichtes Tagesmakeup auf. Ein paar Tupfer Lipgloss und sie war fertig. Begeistert betrachtete sie ihr Spiegelbild. Ja, das war natürlich und wirkte frisch. Mit ein paar Spritzern „Style" von Jil Sander hinter dem Ohr schwebte sie die Treppe runter.

Im Frühstücksraum war es ruhig. Ein Blick auf die Uhr zeigte Lena, dass es bereits kurz vor 10 Uhr war. Die anderen Gäste waren schon weg, Dierk nirgendwo zu sehen. Während Lena überlegte, ob sie sich über den Aufschub freuen oder traurig sein sollte, kam die Wirtin, Frau Hansen, mit der Kaffeekanne um die Ecke. „Moin, min Deern. Haben Sie heute mal länger geschlafen? Das tut auch mal gut, man ist ja im Urlaub nicht auf der Flucht, sach ich immer", damit schenkte sie Lena Kaffee ein. „Wenn Sie noch was brauchen, ich kann alles noch holen", sagte sie mit einem Blick auf das Buffet.

„Danke, ich glaube, ich finde alles", Lena lächelte Frau Hansen an und nahm sich ein Brötchen, Käse und etwas Marmelade, außerdem ein Glas Saft. Gerade als sie sich umdrehen wollte, traf sie der belustigte Blick von Frau Hansen. „Sie wurden heute schon vermisst", stellte sie schmunzelnd fest.
„Ach?" Lena versuchte, unschuldig zu gucken, während ihr Magen plötzlich die Größe einer Olive annahm. Sie hatte eine verdammt gute Vorstellung davon, wer nach ihr gefragt haben

könnte, und keine Ahnung, was Frau Hansen davon hielt. Immerhin war Dierk ihr Neffe und sie ein Gast.
Zu allem Überfluss kam in diesem Moment auch noch Dierk aus der Küche. „Na? Hat unsere kleine Schlafmütze endlich ausgeschlafen?", witzelte er mit vollem Mund. Er hielt einen Teller in der einen und ein Stück Butterkuchen, von dem er gerade abgebissen hatte, in der anderen Hand.
Lena konnte nichts tun, außer ihn mit offenem Mund anzustarren.

„Jetzt lass sie doch erst mal in Ruhe frühstücken und dann könnt ihr sehen, was ihr heute noch unternehmen wollt, das Wetter soll schön bleiben, das muss man ausnutzen", damit wischte sich die Wirtin die Hände an der Schürze ab und verschwand in der Schwingtür, die zur Küche führte.
Dierk ließ sich gegenüber Lena auf die blau-weiß gestreifte Eckbank plumpsen und schenkte ihr ein fröhliches Lächeln, dann griff er nach den sauberen Tassen, die auf dem Tisch standen, und schenkte ihnen beiden Kaffee ein.
„Wenn du magst, gehen wir an den Strand und ich führe dich übers Watt."Dierk schien kein bisschen verlegen und es war für ihn offensichtlich klar, dass sie den Tag miteinander verbrachten.
„Hast du denn keine Pläne? Du musst nicht den Fremdenführer für mich spielen." Die Worte kamen härter raus als gedacht, Lena wusste auch nicht, was mit ihr los war, alles an diesem Mann brachte sie in Verlegenheit und je mehr sie versuchte ihm zu gefallen, umso mehr vergeigte sie es.
Dierk legte lediglich den Kopf schief und blickte nach oben aus dem Fenster. Dann schob er den Vorhang für Lena ein Stück auf die Seite. Zu ihrer Überraschung war der Himmel blau und es schien tatsächlich die Sonne.

„Also, wenn du bei dem schönen Wetter nicht an den Strand willst, verpasst du was. So ein Wetter haben wir hier nicht alle Tage. Und wenn ich dich dabei nicht begleite, verpasse ich was", er feixte schelmisch und Lena war mal wieder zu perplex, um was zu sagen, darum nickte sie nur begeistert.

Der Tag am Strand war grandios. Lena war froh, an Sonnenmilch gedacht zu haben. Sie saßen im Strandkorb, lasen jeder in seinem Buch, und sie genoss es, mit Dierk zu schweigen. Man konnte nicht mit vielen Menschen schweigen, aber hier mit Dierk war es wundervoll. Sie blickten übers Meer und brauchten keine Worte. Obwohl sie ihn kaum kannte, war sie einfach gerne in seiner Nähe. Er war witzig, intelligent und in seiner Badeshorts ein echter Hingucker. Lena war zum ersten Mal froh über die drei Kilo, die sie nach der Trennung von Robert abgenommen hatte. Der neue rote Bikini stand ihr sensationell, und Dierks bewundernde Blicke auf ihrer nackten Haut hatten die Schmetterlinge in ihrem Bauch Samba tanzen lassen.

Als sich die Sonne langsam senkte und der späte Nachmittag anbrach, zog sich auch das Meer zurück. Lena war überrascht, wie schnell es ging. Auch Dierk merkte die Veränderung und erhob sich langsam aus dem Strandkorb. „Wollen wir übers Watt?"
Sie schlüpften in ein T-Shirt und Lena krempelte die Beine ihrer Jeans hoch, dann gingen sie wie selbstverständlich Hand in Hand am Strand entlang und liefen ins Watt.

Es war ein komisches Gefühl, den schlammigen Meeresboden zu betreten. Algen und Seetang waren überall zu sehen, und sie mussten den scharfen Kanten der Muschelbänke ausweichen, um sich nicht die Füße aufzuschneiden. Immer wieder trafen sie auf Priele, jene Wasserläufe, die auch bei Niedrigwasser nie richtig leer liefen. Sie würden bei Flut als erste volllaufen und ihnen den Weg abschneiden, hatte Lena im Reiseführer gelesen.

Als Dierk immer tiefer über den matschigen Wattboden ging, bekam Lena es doch mit der Angst.

„Was ist, wenn wir nicht rechtzeitig zurück sind?"

Sicher würde er sie jetzt auslachen, aber Lena war in den letzten Minuten immer panischer geworden und war nicht bereit, sich noch weiter vom Strand zu entfernen. Es war ihr egal, ob er sie verspottete.

Dierk kam ein paar Schritte zurück, nahm sie wieder bei der Hand. „Entschuldige, ich hatte dich gar nicht gefragt, wie weit du laufen magst. Wir gehen nahe am Strand entlang, dann können wir in jedem Fall immer zurück, ja?"

Lena war wirklich froh darüber, dass er sie nicht auslachte. Warum nur war dieser Mann immer so nett? Wusste immer das Richtige zu sagen? War er nicht irgendwie zu schön, um wahr zu sein?

Sie liefen jetzt parallel zum Strand, bis zum östlichen Ende der Insel zu der Landzunge, zu der Lena schon gestern geradelt war. Oben in den Dünen kreischten die Möwen, stachen hier und dort hinab, um ebenfalls über das Watt zu laufen. Dierk machte sie auf eine Reihe kleiner Vögel in der Nähe aufmerksam. „Siehst du, sie sammeln Krebse und kleine Fische, die sich nicht tief genug in den Schlamm eingegraben haben", dozierte er fachmännisch. Er zeigte ihr die Wattwürmer bzw. deren sichtbare Ausscheidungen und sie sammelten Muscheln, die zu Tausenden zu ihren Füßen lagen.

Als das Meer langsam zurückkam, sanken sie tiefer in den schlammigen Boden ein und Dierk führte sie schnell zurück auf den trockenen Sand. Es ging rasant. Lena fragte sich, wie man die Zeit für eine Wattwanderung gut planen konnte. Es kam ihr ziemlich gefährlich vor, und sie war Dierk wirklich für sein Verständnis und seine Ruhe dankbar.

Lena hatte gar nicht gemerkt, wie weit sie gelaufen waren, vom östlichen Ende der Insel bis zur Strandpromenade war es ein ziemlicher Fußmarsch. Als sie am Strandkorb ankamen, verschwand Dierk für einen Moment und versprach Lena eine Überraschung. Als er kurz darauf mit zwei Krabbenbrötchen und friesischem Bier wiederkam hätte Lenas Überraschung wirklich nicht größer sein können.
„Kannst du Gedanken lesen?" Lena legte das Buch weg, um die kleinen Tischchen im Strandkorb auszuklappen, damit Dierk die Sachen abstellen konnte.
„Gedankenlesen nicht, ich hatte einfach wahnsinnigen Hunger", er schenkte ihr ein Lächeln und fügte verschmitzt hinzu: „und außerdem haben wir hier die besten Krabbenbrötchen und es wäre ein Jammer, wenn du die verpasst."
Dierk hatte recht, die Krabbenbrötchen waren die Besten! Aber noch besser war, sie in seiner Gesellschaft zu genießen, fügte Lena im Stillen hinzu.
Sie saßen noch immer im Strandkorb. Dierk hatte ihnen noch ein Bier geholt, außerdem ein Glas, das er mit Sand gefüllt und mit einem Teelicht bestückt hatte. Die Sonne, die den ganzen Tag schon ihr Bestes gegeben hatte, tauchte den Himmel in Töne von Rosa über Orange und dunklem Violett, es wirkte beinahe unwirklich. Sie hatten den Strandkorb gedreht, sodass

sie jetzt aufs Wasser blickten und das Schauspiel, das ihnen die Natur bot, genießen konnten. Wieder schwiegen sie.

„Warum bist du hier?"

Dierk brach das Schweigen. Das war dann wohl der Moment der Wahrheit, bisher hatten sie sich nicht viel voneinander erzählt. Lena hatte geglaubt, es könnte einfach so weiter gehen, sie mussten nicht reden. Aber jetzt wiederholte er die Frage: „Warum fährt eine attraktive und interessante Frau, wie du, ganz alleine in den Urlaub?"

„Ich bin nicht im Urlaub, ich bin wohl eher auf der Flucht", antwortete Lena langsam.

„Auf der Flucht?" Dierk ließ sich Zeit, er sprach langsam, ließ die Worte setzen, trotzdem ergaben sie für ihn keinen Sinn.

„Auf der Flucht, vor meinem alten Leben…..", Lena brach den Satz ab. Sie hatte keine Ahnung, was sie Dierk erzählen sollte.

Dierk wartete ein paar Sekunden. Blickte über das Meer, auf dem glitzernde Wellen schaukelten.

„Magst du darüber reden?"

Auch Lena blickte aufs Wasser. Das Meer hatte die Farbe des Himmels angenommen, spiegelte die Nuancen von Llila und kräftigem Pink wieder.

Was sollte es? Sie konnte es genauso gut erzählen, vielleicht brauchte sie sogar eine zweite Meinung. Schließlich zermarterte sie sich seit Tagen das Hirn, wie es weitergehen sollte. Ein Außenstehender konnte ihr vielleicht wirklich einen neutralen Rat geben.

Lena malte Kreise mit dem Fuß in den Sand, dann begann sie zu erzählen, von Robert, dem Zwillingskinderwagen und dem ganzen Desaster. „…..das Dumme ist, er ist mein Chef, und nachdem ich jetzt einfach Urlaub genommen habe und abgehauen bin, bin ich den Job sicher auch los", endete ihre Erzählung.

Dierk hatte die ganze Zeit kein Wort gesagt, hier und da stumm genickt und einfach nur zugehört. Es tat tatsächlich gut, sich mal alles von der Seele zu reden. Sicher hielt er sie jetzt für dumm und naiv. Mit dem eigenen Chef, das war ja echt der Klassiker.

„Möchtest du denn dort noch arbeiten? Würdest du wirklich zurückgehen?"

Dierk fragte nicht anklagend, sondern ruhig und gab ihr Zeit zum Nachdenken.

Es dauerte, bis Lena antwortete: „Ich weiß es nicht. Die Kanzlei Hammacher und Partner besteht aus 5 Anwälten, ich arbeite nicht mal im gleichen Stockwerk wie Robert, ich bin die Assistentin seines Kollegen und würde ihn somit eigentlich nie sehen, er ist einfach nur der Chef der Kanzlei."

„Macht es dir Spaß? Arbeitest du gerne dort?"

Dierk blickte ihr zum ersten Mal seit ihrer Beichte in die Augen.

„Spaß?", Lena schrie die Antwort fast. „Nein, Spaß hat es mir nie gemacht. Es bringt Geld und meine Eltern haben mich damals gezwungen, die Stelle anzunehmen. Eigentlich hatte ich ganz andere Pläne, aber mein Vater hat mir die Stelle bei Hammacher und Partner besorgt und somit war es beschlossene Sache."

Lena blickte in Gedanken hinaus aufs Meer. Noch immer schweigend, trank sie still von ihrem Bier, sah den Wellen zu, die sanft ans Ufer schwappten.

„Und was willst du gerne machen?"

Dierks Stimme riss sie aus ihren Gedanken.

„Ernst? Willst du das echt wissen?", Lena zog eine Augenbraue fragend in die Höhe.

Sie wartete einen Moment, aber als Dierk ihr nur fest in die Augen sah, fasste sie schließlich Mut. Vielleicht fand er ihre Pläne ja gar nicht so albern wie ihr Vater damals?

„Ich wollte mich selbständig machen, ich habe eine Ausbildung zur Eventmanagerin und hatte die Idee, ein Catering-Unternehmen zu gründen. Mein Vater sagte nur, dass seine Tochter bestimmt keine Köchin werden würde und damit war das Thema für ihn vom Tisch. Eine Woche später hatte er mit seinem Golfkumpel Steiner ausgemacht, dass ich in der Kanzlei anfange."

Dierk blickte aufs Wasser und begann langsam zu nicken. „Verstehe. Dein Vater meint es sicher nur gut, aber er muss dich deine eigenen Entscheidungen treffen lassen. Dass er deine Pläne für falsch hält, bedeutet nur, dass ER es nicht kann und nicht weiß, wie sowas geht. Darum kann er sich nicht vorstellen, dass du damit Erfolg haben kannst. Aber er muss dich deine eigenen Fehler machen lassen, er muss dich freigeben. Er kann dich nicht vor allem beschützen, du musst selber was ausprobieren. Vielleicht ist das jetzt die große Chance, um deinen Traum doch noch in die Tat umzusetzen?"

Lena pulte mit den Zehen im Sand. „Genau darüber zerbreche ich mir seit Tagen den Kopf. Nichts passiert umsonst, sagt meine Oma immer. Vielleicht musste es jetzt so kommen, damit sich was verändern kann. Vielleicht laufe ich aber auch nur einfach vor meinem Problem davon?" Sie blickte Dierk fragend in die Augen.

„Hör auf dein Herz und deinen Bauch und dann wirst du die richtige Entscheidung finden", sagte Dierk nach einer Weile sehr ernst und schenkte ihr einen tiefen Blick.

„Ich glaube, das habe ich schon. Ich war fast 6 Jahre bei Hammacher und Partner, es ist wirklich Zeit, dass ich flügge werde. Vielleicht bleibe ich einfach hier und fange nochmal ganz neu von vorne an", sagte Lena und grinste schief.

„Die Idee ist gar nicht schlecht", entgegnete Dierk aufrichtig. „In der Gastronomie wird immer Personal gesucht, wenn du Lust hast, im Hotel zu arbeiten, findet sich sicher was für dich. Aber auch in der Verwaltung, Kurverwaltung, Fährunternehmen, Speditionen etc. sind immer mal Stellen frei. Die Arbeitslosigkeit ist bei uns sehr gering, deine Chancen stehen also gut. Wenn du magst, höre ich mich mal um", bot Dierk freundlich an.

„Ich glaube, da muss ich noch mehr als eine Nacht drüber schlafen", sagte Lena lächelnd, „aber danke für das Angebot, es könnte mich echt reizen", damit zwinkerte sie Dierk zu.

Der nickte zur Bestätigung und schlug ihr lächelnd auf die Oberschenkel, „so gefällst du mir schon viel besser".

Die Fahrt zu zweit auf dem Fahrrad war wirklich eine wackelige Angelegenheit. Lena wusste gar nicht mehr, warum sie das Rad überhaupt mitgenommen hatte, aber jetzt stand es am Haus des Gastes und Dierk bestand darauf, sie nach Hause zu fahren, auf dem Lenker, so wie sie es gestern schon gemacht hatten. Dass Lena sich nicht mehr so genau an die Heimfahrt erinnern konnte, behielt sie lieber für sich und so galt es jetzt erneut rauszufinden, wie man am besten oben sitzen blieb, ohne mit den Füßen in die Speichen zu kommen. Die Fahrt den Deich hinunter war rasant und Dierk fuhr absichtlich schnell, sodass Lena immer mehr quietschte. An der Ecke zur Pension ging er so scharf in die Kurve, dass das Rad sich bedrohlich neigte und Lena noch lauter schrie. Lachend und prustend schossen sie vor die mittlerweile stockdunkle Villa von Frau Hansen. Lena hatte keine Ahnung, wie spät es war, aber die Ansicht der unbeleuchteten Fenster deutete an, dass es bereits ziemlich spät war. Dierk schien das alles nicht zu beeindrucken, er raste ungebremst durch das Gartentor, das mit einem lauten Krachen gegen die Hecke donnerte, um augenblicklich zurückzuschwingen und scheppernd ins Schloss zu fallen, kaum dass sie hindurchgefahren waren. „So haben wir das schon als Kinder gemacht", kicherte Dierk. Im nächsten Moment wurden sie unsanft vom Fahrradständer gebremst, in den Dierk erstaunlich geschickt eingefädelt hatte, was er mit noch mehr Gekicher kommentierte. Dann half er Lena vom Rad.

„Du fährst wie der Henker", lachte diese und sie prusteten wieder los. Das Bemühen, sich gegenseitig durch einen an den Mund gelegten Zeigefinger und „...pssssst"-Lauten davon abzuhalten, das ganze Haus zu wecken, scheiterten kläglich. Sie lachten nur umso mehr und bald war es um Lenas Wimperntusche geschehen, die Tränen liefen ihr vor lauter Lachen nur so runter und sie kam kaum hinterher, sie abzuwischen.

Sie schafften es, ohne zu kichern, bis zu der hübschen, dunkelgrün gestrichenen Haustür mit dem typischen weiß abgesetzten Rahmen. Dierk sperrte auf und hielt ihr die Tür auf. Gerade als Lena durchschlüpfen wollte zog er sie in seine Arme und küsste sie.

Dierks warme Lippen auf ihrem Mund fühlten sich unglaublich gut an. Er küsste sie zärtlich und spielte mit ihren weichen Lippen. Als sie den Kuss erwiderte, verstärkte er den Druck, zog sie noch fester in seine Arme und Lena schmiegte sich an seine harten Brustmuskeln, die ihr schon den ganzen Tag den Atem geraubt hatten. Sie spürte seine Zunge an ihren Lippen, die vorsichtig ihren leicht geöffneten Mund erkundete. Lena wünschte sich, dass dieser Kuss nie zu Ende ging.

Nur langsam lösten sie sich voneinander. Dann gingen sie Hand in Hand die Treppe hoch. Nachdem Lena ihr Zimmer aufgesperrt hatte, blieben sie einen Moment stehen, dann drückte Lena die Klinke und zog Dierk mit sich.

3. Dierk

Wie jeden Morgen wurde Lena von Tageslicht geweckt, das nur schwach von den hellgelben Vorhängen zurückgehalten wurde. Schon gestern hatte sie es für eine Illusion gehalten, dass das gelbe Licht, welches durch den schmalen Spalt ins Zimmer fiel, von der Sonne sein könnte, heute war sie sich dagegen ganz sicher, dass es draußen trüb, neblig und kalt war, und Lena hatte keine Lust aufzustehen. Die Erinnerung an den gestrigen Abend und die Nacht waren zu schön. Vielleicht konnten sie einfach im Bett bleiben und dort weitermachen, wo sie gestern vor Erschöpfung eingeschlafen waren?

Ein Blick auf die Seite vereitelte diesen Plan. Dierk war weg!

Ziemlich ernüchtert schwang sie sich aus dem Bett, sie fand keinen Zettel, weder auf dem Nachttisch noch auf dem Kissen, wie sie enttäuscht feststellte, und fühlte sich plötzlich ziemlich komisch. Sie hatte Dierk nicht für einen Mann gehalten, der leichtfertig mit einer Frau ins Bett ging und sich am nächsten Morgen verdrückte. Alles hatte sich so richtig und gut angefühlt. Enttäuschung machte sich in ihr breit.
Würden sie sich beim Frühstück sehen? Oder war Dierk in aller Frühe abgereist?
Der Blick in den großen Spiegel neben dem Kleiderschrank konfrontierte Lena mit der Wirklichkeit. Sie sah grauenvoll aus. Die Haare standen wild vom Kopf ab, ihre Haut war blass, die Augen rot vom Schlafentzug. Reste der Wimperntusche klebten noch immer unter ihren Augen. Ja, sie wäre wohl auch

abgehauen, wenn sie neben sich wach geworden wäre, dachte Lena bitter. Ihr Mund und ihr Kinn waren rot und aufgescheuert von Dierks wilden Küssen und Bartstoppeln. So sah man wohl aus, am Morgen danach.

Gerade als Lena sich schicksalsergeben unter die Dusche schleppen wollte, um sich etwas zu restaurieren, hörte sie ein Geräusch in ihrem Badezimmer. „Dierk!", schoss es ihr durch den Kopf. Er pfiff eine bekannte Seemannsmelodie und schien bester Laune zu sein.

Wo konnte sie sich verstecken? Er durfte sie auf keinen Fall so sehen! Lena geriet in Panik, aber im nächsten Moment wurde die Badezimmertür aufgerissen und Dierk stand vor ihr. Offensichtlich hatte er geduscht, seine Haare waren nass und wirkten jetzt viel dunkler, was seine blauen Augen nur noch mehr betonte. Lena blickte auf seine muskulösen Arme, die sie die ganze Nacht über gehalten hatten, seine glatt rasierte Brust und das schmale Handtuch, das er um die Hüften geschlungen hatte. Erinnerungen an die letzte Nacht stiegen in ihr hoch. Verdammt, musste der Kerl denn immer so wahnsinnig gut aussehen?

Der Versuch, sich an ihm vorbei ins Badezimmer zu schieben, scheiterte kläglich. Sie musste dringend die Zähne putzen und duschen, Himmelherrgott noch mal!

„Guten Morgen schöne Frau!"

Dierks gute Laune war ungebremst. Er zog sie in seine Arme und Lena schaffte es gerade noch, den Kopf wegzudrehen.

„Ich habe Morgen-Atem, sehe aus wie ein Schrubber auf Ecstasy, ich muss jetzt ganz schnell ins Bad", jammerte sie an seinem Kopf vorbei. „Wenn ich wieder rauskomme, kannst du mit mir machen, was du willst, aber ich muss mich erst etwas restaurieren", flehte Lena.

Dierk zog sie nur noch fester an sich heran.

„Du duftest wunderbar! Nach Schlaf, nach Liebe und ein kleines bisschen nach mir..", grinste er, „...und das Angebot, mit dir zu machen, was ich will, nehme ich nur zu gerne an", sagte er anzüglich. Dann ließ er sie mit einem belustigten Grinsen vorbei, nicht ohne ihr einen kleinen Klaps auf ihren nackten Hintern zu geben.

Er war also geblieben. Erst jetzt entdeckte Lena den Stapel frischer Kleidung auf dem Sessel neben dem Fenster. Er musste in seinem Zimmer gewesen sein und ein paar frische Sachen geholt haben. Er wollte nicht, dass sie alleine wach wurde. Die Erinnerungen an letzte Nacht wurden wieder wach. Noch nie hatte ein Mann mit so viel Respekt und Rücksicht mit ihr geschlafen. Die ganze Zeit über hatten sie sich in die Augen gesehen, er hatte ihr kleine Komplimente ins Ohr geflüstert und sie so zärtlich und vorsichtig geliebt, dass sie sich unglaublich wertvoll vorgekommen war. Noch nie zuvor hatte ein Mann sich um ihre Bedürfnisse gekümmert. Dierk war so präsent, so bei ihr gewesen. Hatte jeden ihrer Atemzüge genossen, sie gehalten, geliebt, gestreichelt und in ungeahnte Höhen katapultiert und jetzt war er einfach da, als wäre es das Selbstverständlichste auf der Welt.
Mit einem glücklichen Lächeln auf den Lippen stieg sie unter die Dusche.

Als Lena 20 Minuten später am Frühstückstisch erschien, hatte Dierk schon für sie beide gedeckt. Brötchen, die hausgemachte Himbeermarmelade, die Lena so gerne mochte, Kaffee und für jeden ein weich gekochtes Ei, das für jeden Gast auf Wunsch frisch zubereitet wurde. Gerade als sie sich setzen wollte, kam die Wirtin mit einem Blech Kuchen durch die Schwingtür der Küche. Als sie Lena sah, setzte sie ein noch breiteres Grinsen auf. Verdammt, sie hatte keine Ahnung, was oder wie viel Dierk seiner Tante erzählt hatte, aber die Situation war wirklich mehr als peinlich.

„Moin, min Deern. Na, haben Sie gut geschlafen?" Frau Hansen stellte je einen kleinen Salzstreuer neben den Eiern auf ihrem Tisch ab und schaute sie beide fragend an. „Was habt ihr denn für heute geplant? Noch ist das Wetter ja schön, aber am Nachmittag haben die Regen gemeldet, ihr macht lieber gleich los." Dann wandte sie sich zum Gehen.
„Ach Dierk?", Frau Hansen hatte die Tür zur Küche bereits aufgedrückt und hielt kurz inne, „Wenn du noch mal mit´n Radd gegen mein Gartentor donnerst, dann leg ich dich übers Knie, ist das klar? Ist mir Wurst, ob du nun schon 35 bist oder nich!", sagte sie streng, jedoch mit einem lustigen Zwinkern im Auge.
Dierk brach in schallendes Gelächter aus und wandte sich verschwörerisch Lena zu. „Damit hat sie uns schon als Kindern gedroht, aber keine Sorge, sie macht es nie."
Lena versicherte sich, dass die Pensionswirtin wirklich weg war, dann lehnte sie sich über den Tisch und flüsterte Dierk zu: „Was hast du ihr denn von uns erzählt?"
Dierk lachte wieder: „Da muss ich nix erzählen, Tante Wiebke hat Augen im Kopf", sagte er belustigt und biss herzhaft in sein Brötchen.

Zu Lenas großer Freude hatte sich Dierk am Morgen, während Lena unter der Dusche war, ein Rad besorgt, und nun konnten sie gemeinsam los. „Ich würde dir gerne das Naturschutzgebiet und den Vogelpark zeigen, wenn du magst?"
Lena freute sich aufrichtig und so radelten sie schon kurze Zeit später nebeneinander hoch zur Deichkrone, vorbei an den

reetgedeckten Bungalows der besser betuchten Inselbewohner. Den gleichen Weg war sie schon einmal alleine geradelt und fühlte sich schon fast etwas heimisch. Hinauf zum Deich forderte sie darum Dierk zum Wettrennen heraus. Lena hatte eine ganze Weile die Nase vorn, da sie noch immer im höchsten Gang fuhr und den Zeitpunkt für den Antritt gut gewählt hatte. Bald hatte Dierk sie aber eingeholt. Er hatte sich ein nagelneues Mountainbike mit 12-Gang-Schaltung geliehen und schoss den Berg hoch, als wäre es ein Kinderspiel. Der Punkt ging wohl eindeutig an ihn.

Oben auf dem Deich fuhren sie bis zum großen Hinweisschild der Vogelkundler. Ab hier mussten sie sowieso absteigen. Sie ketteten die Räder zusammen und machten sich zu Fuß auf den Weg durch das Drehkreuz, das den Eingang zum Vogelschutzgebiet markierte.

Schweigend und vorsichtig schritten sie langsam durch die Dünen. Hin und wieder gab Dierk ihr ein Zeichen, dann blieben sie stehen und er deutete in eine Richtung, um ihr ein Nest oder ein paar ins hohe Dünengras geduckte Vögel zu zeigen. Am höchsten Punkt der Düne konnte man über das gesamte Ostufer der Insel blicken. Von der alten Ostbake auf der einen, bis hinunter zum Strand zum Haus des Gastes auf der anderen Seite. Wohin man blickte, gab es Sand und die unendliche Weite des Meeres. Es war atemberaubend. Lena kämpfte bei diesem Anblick fast mit den Tränen. Auch wenn sie es sich selber nicht eingestand und den Wind in den Augen dafür verantwortlich machte, es war dieses Land, diese Natur, die Menschen, die hier mit solch einer Rücksicht, mit der Liebe zur Natur und der Achtung vor allen Lebewesen aufwuchsen, das sie so rührte. Dierks Wissen über die Vögel, das Wattenmeer bis hin zu den Kleinstlebewesen war unerschöpflich. Wer hier lebte, hatte ein anderes Selbstverständnis von der Welt. Hier gab es keine Handys oder Smartphones, kein W-Lan, Facebook oder Twitter. Das alles brauchte man hier nicht. Lena wusste nicht, wann sie ihr Smartphone zum letzten Mal eingeschaltet hatte. Der Akku war schon seit Tagen leer. Aber das machte ihr nichts. Ihr, die sonst ohne ihr Telefon nicht mal aufs Klo ging! Hier oben stand die Zeit still. Das hier war echt, das war das Leben, die Natur und der Lauf der Gezeiten. Und das alles trieb ihr die Tränen in die Augen, zu wissen, dass es immer da sein wird. Unveränderlich. Zu wissen, dass es egal war, ob sie zurück nach München in die Kanzlei fuhr, hier blieb oder irgendetwas anderes machte, dem Meer war das egal. Von Dierk wusste sie, dass es im Wattenmeer Kleinstlebewesen gab, die mehrere Millionen Jahre überdauert hatten. Mit all diesem Wissen fühlten sich alle ihre Sorgen auf einmal unglaublich klein und unbedeutend an.

Dierks Berührung holte sie aus ihren Gedanken. Er schlang ihr von hinten die Arme um den Körper, zog sie näher an sich heran und bewunderte den Strand mit dem Kopf auf ihrer Schulter. „Ist das nicht unglaublich schön?" Sein kratziger Bart streifte ihren Hals, als er ihr einen sanften Kuss auf die Wange drückte und anfing an ihrem Ohr zu knabbern.
Lena schmiegte sich tief in seine warmen Arme und ließ den Blick weit über das Meer schweifen. Hier gab es keinen Horizont, man konnte nicht sagen, wo das Meer aufhörte und der Himmel anfing. Alles verschwamm in einem Farbenrausch aus dem weichen Hellblau des Wassers und dem transparenten Graublau des Himmels, dazwischen ein feiner Streifen von pastelligem Aprikot und Rosa. Die Landschaft wirkte so zart wie ein Aquarell. Lena versank in der Schönheit dieses Augenblicks.

Dierk zog sie mit sich auf die Bank auf der geschützten Ostseite der Düne. „Magst du was essen?" Er hielt ihr die Papiertüte entgegen und sie packte voller Vorfreude das Saftpäckchen und die liebevoll belegten Brote des Fahrradverleihs aus.

„Du hast ihnen gleich zwei abgeluchst?", fragte Lena jetzt verdutzt.

„Klar, ich kenne die Besitzerin", Dierk zwinkerte belustigt.

Natürlich, wenn Frau Hansen seine Tante war und die nette Frau im Radverleih ihre Schwester, dann war diese natürlich ebenfalls Dierks Tante. Lena schämte sich ein bisschen, dass ihr das nicht früher eingefallen war. Darum hatte Dierk wohl auch das beste Rad im ganzen Dorf. Vermutlich war es sein eigenes, das er nur im Radverleih unterstellte.

Schon den ganzen Tag über war es bedeckt, wie Lena am Morgen vermutet hatte, jetzt aber zogen dunkle Wolken von Westen heran. Dierk blickte besorgt zum Himmel und drängte dann zum Aufbruch. Er vergewisserte sich, dass sie keine Krümel oder gar Plastikreste hinterließen, und räumte alles sorgfältig in seinen Rucksack, um das empfindliche Ökosystem nicht zu stören. Lena liebte ihn dafür. Es gab ihr Sicherheit, dass er so viel Rücksicht auf die Natur, die Vögel und seine Heimat nahm. Ein Mann mit so viel Rücksicht und Verstand würde sie nicht benutzen und enttäuschen, so wie Robert es gemacht hatte, da war sie sich ganz sicher.

Die Rückfahrt wählten sie dann über die asphaltierte Straße. Lena wäre gerne über die Bohlen der Dünen gefahren, immer am Strand entlang, aber Dierk hatte die Befürchtung, dass sie zu lange brauchen würden und in den Regen kamen, daher bugsierte er sie in Richtung Dorf und das auf dem schnellsten

Weg. Das Wettrennen den Deich hinab verlor Lena ebenfalls haushoch und Dierk bot an, sie zur Entschädigung auf eine Tasse original Ostfriesentee einzuladen. Na, wenn das mal kein Angebot war.

In der Düne 17 war einiges los, es war bereits später Nachmittag und eine Gruppe Rentner einer Reisegruppe hatten ein paar der runden Tische zusammengeschoben und sich darum gruppiert. Mit begeisterten Ahs und Ohs kommentierten sie das Servieren der bestellten Kuchen und Getränke. Die Bedienung begrüßte Dierk und Lena freundlich, küsste Dierk links und rechts auf die Wange und wies ihnen den letzten freien Tisch auf der Terrasse zu. Das Vordach war bereits ausgefahren, für den Fall, dass es tatsächlich Regen geben würde.
„Miriam, bring uns doch bitte eine Kanne Ostfriesentee und zwei Tassen", bestellte Dierk, dann ließ er sich neben Lena in den geräumigen Strandkorb plumpsen.
„Ihr kennt euch gut?"
Lena wollte nicht eifersüchtig klingen, aber der scharfe Unterton in ihrer Stimme fiel selbst Lena auf. Verdammt! Sie war echt eifersüchtig auf die gutaussehende dunkelhaarige Bedienung mit den wasserblauen Augen. Dass sie Dierk so selbstverständlich um den Hals gefallen war und ihn geküsst hatte, machte die Sache nicht leichter.
Dierk schien der schneidende Unterton ihrer Stimme nicht zu stören.
„Hm", machte er nur, nickte dazu belustigt.
War das alles? Er nickte nur?
Als die Bedienung kurz darauf um die Ecke kam und ein Stövchen, die duftende Kanne Tee, Kluntjes und Rahm vor ihnen abstellte, erhob er sich und legte einen Arm um die

schmale Taille der hübschen Bedienung. „Lena, darf ich dir meine Schwester Miriam vorstellen?"
Er legte den Kopf schief und lächelte etwas verschlagen, bevor er an Miriam gewandt sagte: „Miri, das ist Lena. Sie wohnt zurzeit bei Tante Wiebke, und wenn ich es nicht vergeige, dann bleibt sie hoffentlich noch ein bisschen länger hier. Leider ist sie ein klitzekleines bisschen eifersüchtig, wie ich gerade feststellen durfte."
Lena lief augenblicklich knallrot an. Oh Gott war das peinlich. Seine Schwester?
Miriam hingegen lief direkt um den Tisch, um Lena zu umarmen. „Das freut mich, ich weiß gar nicht, wann mir mein Bruder zuletzt eine Frau vorgestellt hat. Noch nie, oder Bruderherz?" Sie blickte zu Dierk, der nur schelmisch grinste und seiner Schwester auf die Schulter klopfte. „Zurück mit dir in die Küche Weib, du plauderst sonst wieder aus dem Nähkästchen."
Seine Schwester schlug mit dem Küchentuch, das sie über ihre Schulter gelegt hatte, in Richtung Dierk, der kichernd davon sprang. Dann zwinkerte sie Lena zu, „Nächste Woche ist er wieder in Hamburg, komm einfach auf einen Kaffee vorbei, dann erzähl ich dir, was mein Bruder für einer ist", damit lief sie lachend davon.
„Glaub ihr kein Wort, das ist nur der Neid", konterte Dierk und blickte lächelnd hinter Miriam her.

„Du gehst zurück nach Hamburg?"
Lena hatte keine Ahnung, was sie erwartet hatte. Die Vorstellung, von Dierk getrennt zu sein, gab ihr einen Stich.
Lenas Frage hing eine Weile in der Luft, ehe Dierk antwortete: „Nur ein paar Tage, ich muss was erledigen. Im Handumdrehen bin ich wieder hier. Sicher brauchst du auch

mal Pause von mir, schließlich bist du hergekommen, um Ruhe zum Nachdenken zu haben, oder?"
„Nein, ich bin hergekommen um Abstand zu meinem alten Leben zu bekommen", sagte Lena etwas unsicher.
„Oder so!"
Dierk schenkte ihr ein Lächeln und küsste sie sanft auf den Mundwinkel. „Mach nicht so ein Gesicht, du lernst, jetzt wie man echten Ostfriesentee trinkt, das ist ein uraltes Wissen und zum Überleben auf der Insel enorm wichtig", sagte er überzogen schulmeisterlich und zog belustigt eine Augenbraue in die Höhe, für den Fall, dass Lena der Sarkasmus in seiner Stimme entgangen sein sollte.
Dann gab er einen Löffel „Kluntjes" in jede Tasse und goss den heißen Tee auf. Sofort knackte der Zucker in den Tassen, ein herrliches Geräusch, das Lena an das gemütliche Prasseln eines Kaminfeuers erinnerte. Dann goss er einen guten Schluck Rahm auf den Tee. Lena griff nach dem Löffel, den ihr Dierk aber sofort wieder abnahm.
„Nein, auf keinen Fall umrühren!", dozierte er. „Du trinkst erst den sämigen Rahm, er vermischt sich mit dem herben Tee zu einem wunderbaren Geschmackserlebnis, außerdem kühlt er den heißen Tee, sodass du ihn trinken kannst. Je weiter du nach unten kommst, umso herber wird der Tee. Unten in der Tasse erwartet dich dann die Süße der Kluntjes und dann wird wieder aufgegossen."
Lena nippte an ihrem Tee und musste feststellen, dass es wirklich köstlich schmeckte. Der Rahm legte sich um ihre Zunge und der heiße Tee wärmte ihre Glieder. Sie tranken sich schweigend durch die Schichten von sämigem, herbem und süßem Tee und beobachteten den Wind, der am Himmel dunkle Regenwolken vor sich hertrieb.

Nach einiger Zeit hielt Lena die Stille nicht mehr aus. „Weißt du, dass ich keine Ahnung habe, was du eigentlich machst? Warum lebst du hier, bei deiner Tante in der Pension, warum musst du nach Hamburg, ich weiß so gar nichts von dir."

Dierk wandte ihr das Gesicht zu, trank noch einen Schluck Tee, nachdem er langsam ihre beiden Tassen neu gefüllt hatte. „Stimmt!" Das war eine Feststellung, aber keine Antwort.
„Lass uns ein paar Schritte gehen, ja?"
Sie tranken ihren Tee aus und winkten Miriam, die mit den Rentnern voll und ganz beschäftigt war.
„Geht aufs Haus", rief sie lachend. Dann verließen sie die Düne 17 und schoben ihre Räder hoch zur Strandpromenade. Es war schon später Nachmittag, die große Stelldichein Uhr, auf dem Platz vor dem Café Pudding, zeigte 17 Uhr. Der Wind peitschte das Meer auf, die See war jetzt rau und ursprünglich. Lena genoss das Schauspiel der Natur. Das Meer war heute grau wie Schiefer und große weiße Schaumkronen wurden von den langen Wellen an den Strand gespült. Der Strand war nahezu menschenleer. Der Wind zog wütend am Netz des verlassenen Beachvolleyballfeldes, in einiger Entfernung liefen zwei einsame Gestalten am Wasser entlang und wurden hin und wieder von der Gischt erfasst, sodass sie sich in Sicherheit bringen mussten.

Sie setzten sich auf die kleine Mauer, welche die Uferpromenade vom tiefer liegenden, breiten Sandstrand trennte, und blickten auf die wütende See, während ihnen der Wind das Haar zerzauste.
„Was willst du wissen?" Sein Blick war klar, offen, etwas verwundert darüber, dass sie tatsächlich noch nicht über ihn gesprochen hatten. Aber wo sollte er nur anfangen?

„Beruf?", fragte Lena vorsichtig.

„Schwer zu sagen!" Dierks Miene wirkte nachdenklich. „Ich habe Meeresbiologie studiert…"

„DU bist MEERESBIOLOGE?", rief Lena überrascht. Sie hatte keine Ahnung, was sie erwartet hatte, aber ein Meeresbiologe? War das nicht ein Mann mit einem dicken Rauschebart jenseits der 60? Ein Mann mit einer Pfeife im Mund?

„Passe ich nicht in das Bild von Jacques Cousteau?", fragte Dierk und traf damit den Kern ihrer Gedanken.

„Irgendwie nicht", gab Lena nachdenklich zu.

„Ich hatte ein Forschungsprojekt am AWI in Helgoland, aber sie haben uns die Fördergelder gekürzt und somit ist meine Forschungsarbeit erst mal eingestellt", schloss Dierk nachdenklich. Er kickte einen Kiesel, der vor seinen Füßen lag, über den Strand. „Das ist ein ziemlicher Mist, weil ich derzeit in der Luft hänge. Und weil die Forschung wichtig ist, verstehst du? Es geht um den Umweltschutz und plötzlich streichen sie dir die Gelder, während die Industrie weiter unsere Meere verseucht."

Er hatte sich in Rage geredet, kickte einen weiteren Kiesel mit einem kräftigen Tritt über den Sand.

„Und jetzt?" Lena musste sich weit nach vorne beugen, um in sein Gesicht zu schauen, das Dierk auf den Boden gesenkt hielt.

„Ich weiß es nicht. Man hatte mir eine Vortragsreihe über die Ökologie der Küste angeboten. Das machen sonst Studenten, dafür muss ich nicht in Helgoland sein. Ich mache erst mal ein Sabbatical, ein Jahr Auszeit. Ich hänge also ähnlich in der Luft wie du."

„Wow!" Lena hatte keine Ahnung, was man in so einem Fall sagte.

„Am Montag habe ich in Hamburg einen Vorstellungstermin, ich habe mich auf einen Lehrstuhl an der Uni in Hamburg beworben und auf eine Reihe Forschungsprojekte, mal sehen, was daraus wird, aber das ist alles erst im nächsten Jahr aktuell. Bis dahin gebe ich ehrenamtlich Wattwanderungen für Touristen, überarbeite Flyer und Infomaterial rund um den Erlebnisraum Wattenmeer und helfe Tante Wiebke in der Pension. Rasenmähen, Hausmeisterarbeiten, was eben so anfällt. Klingt komisch, aber es macht mir tatsächlich Spaß."
Er lächelte jetzt endlich wieder ein bisschen. Schwermut war offensichtlich nichts für ihn. Tatsächlich war Dierk ein Mensch, der immer eine Lösung fand und sich nicht unterkriegen ließ.

„Wann kommst du wieder?"
Lena hatte ein wenig Angst vor der Antwort. Vielleicht musste er doch länger bleiben, vielleicht, schoss es ihr durch den Kopf, kam es ihm ganz gelegen, sich von ihr zu distanzieren. Schließlich war es ziemlich schnell mit ihnen gegangen. Hamburg war eine einfache Lösung für einen Ausstieg, sollte er es sich anders überlegt haben.
„Ich bleibe nur zwei Tage, schau mir alles an, dann bin ich wieder hier. Mach dir darüber keinen Kopf. Sag mir lieber, was mit dir ist? Wie geht es bei dir weiter?"
Lena musste nicht lange nachdenken, ihr Entschluss stand schon seit einiger Zeit fest. Sie wusste genau, was Dierk meinte, als er über die Umweltverschmutzung und die Wichtigkeit von Forschungsprojekten sprach.
Die Kanzlei Hammacher war bekannt dafür, Schlupflöcher für die Industrie zu finden, um Umweltauflagen zu umgehen oder Baugenehmigungen zu erzwingen, in Gebieten, die eigentlich als Naherholungsgebiet dienen sollten.

„Ich werde kündigen. Am Montag schicke ich die Kündigung weg, dann kommt sie fristgerecht zum Monatsende. 14 Tage zum Monatsende, selber Schuld, wenn sie solche Verträge machen, umso leichter für mich."
„Er muss dir kündigen, Lena. Dann bekommst du zumindest Arbeitslosengeld und eine ordentliche Abfindung. Warum bleibst du nicht wirklich eine Weile hier, Tante Wiebke freut sich sicher und einen Job finden wir auch für dich. Eventagentur haben wir hier noch keine, soweit ich weiß. Könnte sein, dass du da tatsächlich offene Türen einrennst." Dierk blickte ihr aufmunternd ins Gesicht, sie sah die Hoffnung, die sich darin spiegelte. „Ich muss dir nicht sagen, wie sehr ich hoffe, dass du bleibst."
Lena nickte langsam, in ihrem Kopf war ein Wirrwarr, dem sie sich jetzt nicht stellen konnte, ihre Gefühle fuhren Achterbahn.
„Ich muss das alles wirklich mal durchspielen, dann spreche ich mit meinem Vater und vielleicht setze ich einen ziemlich verrückten Plan in die Tat um", grinste sie geheimnisvoll.

> „HERR, errette mich von den Lügenmäulern,
> von den falschen Zungen."
> Psalm 120:2

4. Robert

Am Montagmorgen erwachte Lena mit Bauchschmerzen. Sie fühlte sich übel, und wenn sie an den bevorstehenden Tag dachte, ging es ihr noch schlechter, aber es half alles nichts, sie musste sich der Realität stellen und ein paar unangenehme Anrufe hinter sich bringen.

Die letzten Tage hatte es geschüttet wie aus Eimern und sie hatten die meiste Zeit in Dierks „Schwalbennest", der kleinen Ferienwohnung unter dem Dach, verbracht. Dierk hatte für sie gekocht, sie hatten sich auf das geräumige Sofa gekuschelt und Ostfriesentee getrunken, der für Lena inzwischen zum Lebenselixier geworden war. Nichts war tröstlicher, als eine gute Tasse Tee, sagte seine Tante Wiebke, und sie hatte Recht behalten. Lena hatte sich in der gemütlichen Dachwohnung sofort wohlgefühlt. Anders als in ihrem Zimmer war hier alles in ein helles Orange getaucht. Die Wände waren cremeweiß, die Vorhänge hatten ein zartes Aprikot und das gemütliche Sofa einen dezenten orangefarbenen Bezug mit riesigen hellen Kissen. Die kleine Küchenzeile erstrahlte im gleichen Cremeweiß wie die Wände, zum Kontrast war die Wand mit einem cappuccinofarbenen Glaspaneel geschützt, was modern und zugleich äußerst praktisch war.

Dierk war am Morgen nach Hamburg gefahren. Seine Fähre ging bereits um 7 Uhr und so erwachte Lena alleine in dem großen Doppelbett. Sie war gestern Abend nach oben in das

„Schwalbennest" gezogen und Frau Hansen hatte ihr versichert, dass sie so lange bleiben konnte, wie sie wollte. Kost und Logis inbegriffen, Lena musste dafür bei der großen Abschlussreinigung der Pension helfen. Zum Ende der Saison wurden alle Betten gewaschen, die Vorhänge abgenommen, Fenster geputzt, Teppiche geklopft und soweit es ging, über Winter eingemottet, damit in der neuen Saison, die mit den Osterferien begann, alles sauber und frisch war. Der Deal war fair und verschaffte Lena die nötige Zeit, die sie brauchte, um einen Entschluss zu fassen und ihren Plan auch umzusetzen.

Lena schlüpfte unter die Dusche. Wenn sie beim Telefonat mit Robert nicht einbrechen wollte, musste sie sich selbstbewusst fühlen, und das ging nur, wenn sie gut angezogen und gepflegt war. Sie wählte ihr Lieblingsduschgel von Gaultier, rasierte sich ausgiebig die Beine, pflegte ihr Haar mit der neuen Zitronenkur, die so unglaublich gut roch, und föhnte sie anschließend über die große Bürste. Dann fühlte sie sich bereit. Der Regen hatte aufgehört und Lena entschied sich für das weiße Shirt mit den roten Streifen, in dem sie sich so ostfriesisch fühlte. Dazu ihre neue Jeans und die roten Segelschuhe. Dann eilte sie hinab zum Frühstück.

Frau Hansen saß im Gastraum und las Zeitung. Es gab keine Gäste mehr und kein Buffet und da Lena seit gestern quasi zum Personal gehörte, holte sie sich ihr Frühstück in der Küche und setzte sich dann zu Frau Hansen an den Tisch, die darauf bestanden hatte, dass sie Tante Wiebke zu ihr sagte und das alberne Frau Hansen endlich sein ließ. Sie hatten das neu geknüpfte Arbeitsabkommen natürlich mit einem ordentlichen Schluck Friesengeist besiegelt und waren dann übereingekommen, sich zu duzen. Als Lena jetzt mit dem

Kaffee in der Hand etwas schüchtern an den Tisch trat, schaute Tante Wiebke fröhlich zu ihr auf.

„Moin min Deern! Na? Alles gut? Du siehst aus, als hättest du ein Gespenst gesehen?"

„Moin", erwiderte Lena schwach. „Ich bin nur aufgeregt, weil ich heute ein paar Dinge klären muss." Sie ließ sich auf die blau-weiß gestreifte Bank gleiten und nippte vorsichtig an ihrem Kaffee.

„Weiß ich doch mein Kind, Dierk hat mir schon alles erklärt. Das wird schon, wirst´ sehen. Und das mit dir und Dierk......,das ist ein Glücksfall......,dass ihr euch gefunden habt. Ich hab den Jungen noch nie so glücklich gesehen. Du tust ihm gut, Lena, und er dir."

Sie tätschelte liebevoll Lenas Hand und blickte ihr aufmunternd in die Augen.

„Danke! Ich hoffe nur, dass ich den Tag gut überstehe. Es gibt so viel zu entscheiden, es ging alles so wahnsinnig schnell. Ich hoffe einfach nur, dass ich keinen Fehler mache. Und nochmals danke, dass ich bei Ihnen wohnen darf."

„Nu sieh zu, dass du loskommst, umso schneller hast du es hinter dir. Und wenn du noch mal Sie zu mir sagst, gibt's Ärger!" Damit erhob sie sich grinsend und verschwand in der Küche.

Wie erwartet, war der Strand menschenleer. Lena hatte ihr Handy aufgeladen und mit an den Strand genommen. Dick eingepackt in ihre neue Windjacke hockte sie jetzt in ihrem blau-weiß gestreiften Strandkorb, in der ersten Reihe, und blickte aufs Wasser. „361 neue Nachrichten", blinkte ihr Handy, kaum hatte sie es wieder eingeschaltet. In ihrer Hand klingelte und vibrierte es unaufhörlich. Nachdenklich schüttelte Lena den Kopf. Seit ihrer Ankunft hier hatte sie das Handy nicht einen Tag vermisst. Sie hatte es schlichtweg vergessen. Dass sie einmal jeden Tag mehrere Stunden über WhatsApp und SMS kommuniziert hatte und normalerweise das Handy immer neben dem Kopfkissen hatte, um nur keine Nachricht zu verpassen, erschien ihr jetzt wie aus einer anderen Welt.

Nachdem sich das Gerät beruhigt hatte, überflog sie schnell ihre Nachrichten. 219 WhatsApp-Nachrichten waren allein von Robert. Lena löschte den ganzen Chat, ohne ihn zu lesen. Weitere 135 Nachrichten von ihrer besten Freundin Tamara. Sie hatte Tami zwar gesagt, dass sie in den Urlaub fuhr, und hatte ihr kurz von dem Desaster mit Robert erzählt, sich aber seit dem auch nicht mehr gemeldet. „Such dir nen Lover, Süße!" stand auf dem Display. Oh Mann, warum wusste Tami denn schon immer vorher, was passierte? Lena war sich sicher, dass die Ereignisse der letzten Tage selbst für Tami zu viel waren und nahm sich vor, die Freundin heute Abend lange und ausführlich über die neuesten Entwicklungen und Pläne zu informieren. Schließlich brauchte sie auch wen, der ihren Plan absegnete, und keine war besser geeignet als ihre Freundin Tami, um ihr den Kopf zurechtzurücken, sollte sie sich in eine Idee verrennen.

Jetzt aber musste sie erst einmal das unangenehmste Gespräch hinter sich bringen. Lena holte noch einmal kurz Luft, dann drückte sie auf die Durchwahl zu Roberts Büro.
Robert war nach dem zweiten Klingeln am Telefon, Lena war sich sicher, dass er ihre Nummer auf dem Display erkannt hatte.
„Mein Gott Lena, wo bist du denn?", schrie Robert erleichtert in den Hörer. „Du kannst doch nicht einfach so abhauen! Das war wirklich ein riesen Missverständnis! Ich bin mir sicher,

dass wir über alles reden können und eine vernünftige Lösung für uns alle...."
Lena hatte wirklich keine Lust mehr auf seine ewigen Lügen und schnitt ihm dreist das Wort ab, „Hör mir gut zu Robert, du wirst mir fristgerecht zum Ende des Monats kündigen! Aus betrieblichen Gründen. Ich verlange ein Zeugnis, ein gutes. Ich habe sehr gute Arbeit geleistet und das nicht nur bei dir im Bett und auf deinem Schreibtisch, sondern vor allem im Büro. Herr Steiner wird dir das bestätigen."

„Lena, das ist doch nicht nötig, du musst doch nicht gleich kündigen. Natürlich bekommst du ein gutes Zeugnis, ich weiß, dass du eine hervorragende...."
Wieder schnitt Lena ihm das Wort ab, „Ich war noch nicht fertig! Du wirst mir eine Abfindung zahlen!"
Sie hörte, wie Robert scharf die Luft einzog, sprach aber trotzdem ruhig weiter: „...Ich weiß, dass es keine rechtliche Grundlage dafür gibt, aber wir haben ja wohl oft genug für unsere Klienten genau diese Abfindung erstritten. Also, ich verlange ein halbes Monatsgehalt pro Beschäftigungsjahr. Zwing mich nicht, mit der Sache vor Gericht zu gehen, ich bin mir sicher, dass du deiner Frau, in ihrem Zustand, keinen Prozess zumuten willst, bei dem die ganze schmutzige Wahrheit ans Licht kommt!"
„Natürlich!", Robert kapitulierte kraftlos. „Lass uns doch in Ruhe bei einem Glas Wein über alles reden", bat er ruhig.
Lena nutzte die Pause, die entstand, „Ich glaube, wir haben alles besprochen!", dann legte sie auf.

Die kalte Luft, die vom Meer her wehte, tat ihr gut. Der Wind hatte aufgefrischt und blies jetzt kräftig in ihre Richtung, Lena hielt ihr erhitztes Gesicht in die Brandung und versuchte, sich zu sammeln. Jetzt war es also offiziell. Sie war arbeitslos. Erstaunlicherweise fühlte sie sich dabei kein bisschen verloren, so wie sie es erwartet hatte, sondern nur unendlich frei.

Der nächste Anruf galt ihrem Vater, das war ein weiteres hartes Stück Arbeit, aber auch das musste sie jetzt hinter sich bringen, bevor sich ihr Vater mit ihrem Boss, Herrn Steiner, zum Golf verabredete.

Das Telefon klingelte sehr lange, dann war ihr Vater am Apparat. „Lena, was ist denn los? Solltest du nicht in der Arbeit sein?"

„Guten Morgen Papa! Ich habe Urlaub, schon vergessen?"

Sie hatte ihren Eltern gesagt, dass sie ein paar Tage ans Meer fuhr. Allerdings waren inzwischen fast zwei Wochen vergangen, da hatte ihr Vater mal wieder gut aufgepasst.

„Papa, ich muss mit dir reden, und ich hätte das wirklich gerne persönlich gemacht, aber ich bin noch immer am Meer, darum müssen wir dieses Gespräch jetzt am Telefon führen." Sie holte kurz Luft, um ihrem Vater die Möglichkeit zu geben, das Gesagte wirken zu lassen.

„Ich habe das Gefühl, ich sollte mich besser setzen", sagte ihr Vater am anderen Ende langsam. „Warte, ich nehme dich mit ins Wohnzimmer." Sie hörte ihren Vater über den Flur schlurfen. „Möchtest du, dass ich den Lautsprecher einschalte, damit deine Mutter mithören kann?", er sprach sehr langsam und klang besorgt. Es war eine seiner besten Eigenschaften, dass er in Krisenzeiten immer ganz ruhig wurde, langsam und leise sprach und nicht lospolterte. Lena war ihm sehr dankbar für seine besonnene Art, er schaffte es, dass auch sie etwas ruhiger wurde.

„Nein, Papa! Du kannst es ihr später in aller Ruhe erzählen, ja?", sagte sie sanft.

„Wie du meinst mein Kind. Was ist denn nun los, du machst mich ja ganz verrückt?"

Lena holte noch einmal tief Luft. „Reg dich jetzt bitte nicht auf Papa, aber ich habe bei Hammacher und Kollegen gekündigt!"

So, endlich war es raus, Lena spürte den Kloß, der sich in ihrem Hals löste.

„Du hast was? Aber warum denn Kind? Hast du dich mit Steiner denn nicht verstanden? Zahlt er dir zu wenig Geld, soll ich mal mit ihm reden?"

„Nein, Papa, das ist es nicht. Es ist eine lange Geschichte. Ich kann da einfach nicht mehr arbeiten, und ich wollte, dass du es von mir hörst und nicht von Steiner auf dem Golfplatz."

„Aber Engelchen, ich verstehe das nicht. Was ist denn passiert? War er gemein zu dir? Gibt es bei euch im Büro eventuell sexuelle Belästigung? Davon hört man immer mehr, das kommt ja ständig in den Medien." Lenas Vater war sichtlich aufgebracht, da musste sie wohl doch mehr mit der Wahrheit raus, als ihr lieb war. Sie hatte gehofft, das Thema irgendwie umgehen zu können.

„Papa, das hat nichts mit Steiner zu tun. Das hat was mit mir zu tun."

Sie machte eine Pause, wartete auf eine Reaktion ihres Vaters, der nur leise brummte, bevor sie weiter sprach: „Ihr habt euch doch immer gewundert, warum ich euch nie meinen Freund vorgestellt habe. Nun, das lag daran, dass ich eine...,keine Ahnung wie man das nennt, eine Affäre trifft es wohl doch am besten....,mit meinem Boss hatte, mit Herrn Dr. Robert Hammacher höchstpersönlich." Lena beeilte sich weiterzusprechen, bevor sie der Mut verließ. „Letzte Woche habe ich ihn dann beim Einkaufen mit seiner hochschwangeren Frau getroffen. Papa, ich hatte keine Ahnung, dass er verheiratet ist, wir hatten Pläne, wollten zusammenziehen, aber er hat mich von vorne bis hinten nur angelogen…."

Lena brach in Tränen aus. Verdammt, die ganze Zeit hatte sie nicht weinen können, und ausgerechnet jetzt brach der ganze Zorn und die Enttäuschung aus ihr raus.

Am anderen Ende der Leitung hörte sie ihren Vater schwer atmen, sie hatte so schnell gesprochen, dass sie kaum noch Luft hatte. Die Tränen liefen ihr übers Gesicht und sie schniefte undamenhaft ins Telefon.

Dann endlich fand ihr Vater seine Sprache wieder. Er räusperte sich kurz, bevor er nachdenklich und langsam sprach: „Ich wusste nicht mal, dass du mit Hammacher arbeitest? Laut Steiner hockt der in seinem Elfenbeinturm von Penthouse und empfängt nur Großindustrielle?"

„So ist es ja auch, er hat die ganzen Firmenkunden, Schwerpunkt Arbeitsrecht, Patente, Lizenzen etc. und wir unten machen die Privatkunden, Verkehrsrecht, Scheidung und Nachbarschaftsstreitigkeiten. Ich habe Robert vor drei Jahren kennengelernt. Ich musste für seine Assistentin einspringen und ihn nach Nürnberg zum Oberlandesgericht begleiten. Dabei sind wir uns näher gekommen."

„Seit drei Jahren betrügt dieser dreckige Hund seine Frau? Und dich benutzt er als Konkubine?"

Lena schniefte in den Hörer, „Lass gut sein Papa, ich war eine Affäre und dumm genug ihm alles zu glauben, vielleicht wollte ich es auch einfach glauben, es gehören ja immer zwei dazu, so ein Verhältnis aufrechtzuerhalten. Steiner muss von alldem nichts wissen, ich kann da einfach nicht mehr arbeiten. Robert schreibt mir ein Zeugnis, was er Steiner sagt ist mir egal, ich will da einfach nur weg, kannst du das verstehen?"

„Ach Mädchen!" Ihr Vater schnaufte tief. „Warum kommst du nicht einfach heim? Mama macht dir Apfelstrudel mit Kakao und du spannst ein paar Tage bei uns aus, das hat dir doch früher schon immer geholfen, wenn du schlechte Noten in der Schule oder einen anderen Kummer hattest. Der Apfelstrudel deiner Mutter heilt alle Wunden." Er klang zuversichtlich.

„Paps, ich bin hier ganz glücklich. Das Meer, die Menschen, ich habe sogar schon Freunde gefunden, und vielleicht bleib ich einfach ganz hier. Hammacher zahlt mir eine sehr gute Abfindung, und wenn ich die Eigentumswohnung in Freising verkaufe, hätte ich ein hübsches Startkapital, um hier noch einmal ganz von vorne anzufangen."

„Muss das denn so weit weg sein? Vielleicht solltest du die Dinge nicht so überstürzen?"

Lena hatte gewusst, dass die Frage kommt, konnte sich aber selbst keine Antwort darauf geben.

„Vielleicht", sagte sie sanft. „Papa, ich bin so weit gefahren, bis da kein Land mehr war und es fühlte sich noch immer nicht weit genug an, dann bin ich auf ein Schiff gestiegen und eine Stunde übers Meer gefahren, bis ich wieder auf Land gestoßen bin, und jetzt erst fühle ich mich frei."

Ihr Vater erwiderte nichts, brummte nur nachdenklich ins Telefon.

„Ich kann Dir das nicht erklären, aber als ich den ersten Fuß auf die Insel gesetzt habe, fühlte ich mich zu Hause. Das war wie heimkommen, ankommen, Geborgenheit….keine Ahnung. Es fühlte sich an, als gehörte ich hierher, fast wie ein früheres Leben." Lena ließ ihren Blick über den Strand und die unzähligen leeren Strandkörbe wandern. „Weißt du noch, dass ich Eventmanagerin geworden bin, weil ich auf einem Kreuzfahrtschiff zur See fahren wollte? Ich wollte die Welt bereisen. Und jetzt bin ich hier gelandet und ich habe eine Idee, und wie ich denke, eine verdammt gute."

„Du wolltest dich schon damals selbstständig machen, weißt du noch? Vielleicht warst du wirklich zu jung, vielleicht wärst du auch glücklich geworden, ich weiß es nicht. Ich dachte, es ist ein guter Rat, dich erst einmal beruflich zu festigen, ein paar Jahre mit einem festen Einkommen und regelmäßigen Zahlungen in die Rentenkasse, damit du einen Grundstock hast."

„Ich weiß, Dad, und es war gut, und wahrscheinlich auch wichtig, diese Entscheidung zu treffen, aber jetzt bin ich schon über 30 und ich denke, es ist der richtige Zeitpunkt für mich. Ich werde in den nächsten Tagen einen Businessplan erstellen und ein paar Informationen einholen, wenn ich mehr weiß, dann melde ich mich wieder bei dir, ja?"

„Du bist ein kluges Mädel, und was immer du tust, wir stehen immer hinter dir. Ich hoffe, du weißt das?"

Wieder kullerten Lena die Tränen aus den Augen, diesmal aus Dankbarkeit und Rührung über die Worte ihres Vaters. Warum nur konnten sie nie so reden, wenn sie sich gegenüberstanden? Warum ausgerechnet jetzt wo sie rund 800 Kilometer voneinander trennten?

„Ich rede mit deiner Mutter", sagte ihr Vater zum Abschied, dann legten sie auf.

Das Gespräch mit ihrem Vater hatte Lena ziemlich aufgewühlt, aber jetzt, wo alles gesagt und erledigt war, hatte sie endlich den Kopf frei, um über ihre Pläne und Ideen nachzugrübeln. Dazu musste sie aber zunächst ein paar Erkundigungen einholen. Zu jedem guten Plan gehört eine gute Vorbereitung, das hatte sie von ihrem Vater gelernt. Bevor sie also Dierk und Tante Wiebke einweihen konnte, musste sie dringend ein paar Dinge erledigen, sonst hielten diese sie noch für einfältig, und das war das Letzte, was Lena jetzt gebrauchen konnte.

***

Die freundliche Bankangestellte hatte, aufgrund Lenas guter Sicherheiten, keine Bedenken, ihr den gewünschten Kredit zu gewähren. Natürlich musste Lena dazu aber Einwohnerin der Insel sein. Solange sie in Bayern gemeldet war, würde der Kredit nur über ihre Heimatfiliale laufen können. Es war auch nicht nötig, die Wohnung zu verkaufen.

„Warum vermieten Sie die Wohnung nicht erst einmal für eine Weile? Alleine die regelmäßigen Mieteinnahmen würden uns für Ihre Kreditwürdigkeit ausreichen, und wenn Sie die Lebensversicherung und den Bausparvertrag als Sicherheit hinterlegen, sehe ich keine Probleme."

Die erste Hürde war also genommen. Der Besuch beim Immobilienmakler war ebenfalls positiv verlaufen, der kleine Laden, mit dem Lena liebäugelte, war noch zu haben und lag genau in ihrem Budget. Jetzt brauchte sie nur noch den Mut, das wirklich durchzuziehen.

Kurz entschlossen radelte Lena zur Düne 17 und hoffte, dass Miriam da war. Sie brauchte jetzt dringend eine zweite Meinung von einem Außenstehenden.

Bereits von Weitem sah sie Miriams dunkles, lockiges Haar im Wind wehen. Sie stellte die Tische auf der Terrasse zusammen. Auch hier würde in den nächsten Tagen alles winterfest gemacht werden.

Lena kettete ihr Rad an den Zaun vor dem Café und wurde sofort von Miriam stürmisch begrüßt. Mit dem Putzlappen in der Hand umarmte sie Lena. „Hey Schwägerin in spe!", scherzte sie und bedeutete Lena ihr zu folgen. Sie ließen sich in die großen Strandkörbe plumpsen und Miriam servierte

Cappuccino aus riesigen Tassen und herrlich warmen Apfelkuchen.

„Was führt dich zu mir?"

Miriam sprach mit vollem Mund und grinste Lena erwartungsvoll an.

„Keine Ahnung, ich glaube, ich brauche einen Rat, eine Entscheidungshilfe, vielleicht kannst du etwas Licht in mein Gedanken-Wirrwarr bringen?"

Lena atmete unentschlossen aus. Sie wusste nicht so recht, wo sie anfangen sollte, auch wenn ihr 1000 Fragen durch den Kopf schossen, so war es nicht einfach, diese in Worte zu fassen.

„Ich werde es versuchen, wenn ich dir helfen kann, gerne. Ich weiß nur, dass mein Bruder dich wirklich liebt. Es ist das erste Mal, dass er eine Frau der Familie vorstellt, und das will schon was heißen", feixte Miri.

„Warum ist das so? Für mich ist Dierk alles andere als ein Ladenhüter, warum hatte er denn nie eine feste Freundin?"

Miriam lachte und lehnte sich weit in ihrem Sessel zurück, mit untergeschlagenen Beinen und der Kuchengabel im Mund fing sie schließlich an zu erzählen: „Es ist nicht so, dass mein Bruder keine abbekommen hätte, ganz im Gegenteil, er wollte sie nur alle nicht! Das ist der Unterschied. Nun, die Auswahl hier auf der Insel ist nicht besonders groß, es gibt nur die Leute aus deinem Jahrgang und man kennt sich quasi schon aus dem Kindergarten, das ist nicht so besonders prickelnd. Während des Studiums war Dierk dann in Hamburg, ich habe ihn häufig übers Wochenende besucht, bin mit ihm tanzen gegangen, aber das ist nicht seine Welt. Dierk fühlt sich nicht wohl in den angesagten Clubs der Stadt, er hält nichts von Frauen in kurzen Röcken und schwindelerregenden High Heels, in denen sie kaum einen Schritt laufen können. Er fand mich und meine Freundinnen immer ziemlich oberflächlich, weil wir uns stundenlang schminkten und zurechtmachten." Miriam schaufelte sich ein Stück ihres Apfelkuchens in den Mund und grinste zu Lena.

„Du bist einfach alles, was Dierk sich von einer Frau erträumt", sagte Miri mit vollem Mund. „Natürlich, geradlinig, hübsch aber nicht aufgetakelt und intelligent. Eben die perfekte Mischung."

„ICH?" Lena verschluckte sich fast an ihrem Kaffee, „......Ich bin langweilig und farblos. Was will dein Bruder mit einer grauen Maus wie mir?"

Mit Lenas Selbstbewusstsein war es noch nie weit her. Sie hatte wirklich keine Idee, warum ein Traummann wie Dierk sich ausgerechnet für sie interessierte.

„Jetzt sei bitte nicht albern, du bist umwerfend. Alle lieben dich. Du hast schon der gesamten Familie den Kopf verdreht mit deiner fröhlichen natürlichen Art. Alle sind hingerissen von dir, einschließlich mir." Jetzt strahlte sie Lena aufrichtig ins Gesicht.

„Haben wir eine Chance?"

Noch immer konnte Lena ihre Unsicherheit nicht ablegen. „Wir kennen uns kaum, ich kann doch nicht einfach alles stehen und liegen lassen, oder?"

„Vielleicht muss man manchmal etwas wagen, egal ob es vernünftig ist oder nicht. Egal wie es mit euch ausgeht, ihr werdet immer Freunde bleiben. Dierk ist keiner, der eine Szene macht, und dich schätze ich auch als ganz vernünftig ein. Außerdem, im Ernstfall würde Dierk vermutlich wieder nach Helgoland zu seiner Forschung gehen, oder nach Hamburg. Du müsstest ihn also gar nicht sehen und Tante Wiebke würde sich auf keine Seite schlagen, ebenso wie ich. Du könntest in der Pension aushelfen, egal was kommt. Derzeit kommt Frau Dröge noch regelmäßig und hilft beim Bettenmachen und der

Reinigung der Zimmer, aber Frau Dröge wird nächsten Monat auch schon 60 und wir wissen nicht, wie lange sie das noch machen kann. Meine Mutter will jetzt schon nicht, dass noch eines der alten Mädchen auf die Leiter steigt, um die Vorhänge abzunehmen. Wir sind alle froh, dass du jetzt da bist und Tante Wiebke zur Hand gehst. Ich kann auch immer Aushilfen im Café brauchen. In der Saison ist hier der Teufel los. Also, falls du mit deinem Projekt scheitern solltest, sind wir alle da, um dich aufzufangen. Es gibt immer eine Lösung."
Lena wusste gar nicht, was sie sagen sollte. Mit so viel Verständnis und lieben Worten hatte sie gar nicht gerechnet. Um ein Haar wären ihr die Tränen gekommen. Alle Stolpersteine, alles was ihr Angst machte, schien sich in Luft aufzulösen. Lena fasste all ihren Mut zusammen und dann weihte sie Miriam in ihre Pläne ein.

****

Mist! Ausgerechnet jetzt hatte Lena einen Platten. Die Sonne war schon seit Tagen nicht zu sehen, und es wehte ein kalter Wind über die Insel. Lena hatte sich gewünscht, so schnell wie möglich in die Pension zu radeln, und sich in der heißen Badewanne die Erkenntnisse des Tages durch den Kopf gehen zu lassen. Jetzt musste sie das Rad schieben und der kalte Wind blies ihr ins Gesicht. Im Radverleih war es ungewöhnlich still, kein Wunder, es war keine Saison. Die geöffnete Schiebetür des großen Schuppens machte ihr Hoffnung. Davor stand ein umgedrehtes Trekking Bike, dem ein Rad fehlte. Als Lena auf den Schuppen zuging, kam ein Mann heraus. Er war ungefähr in Lenas Alter, hatte lange blonde Rastalocken und trug eine Latzhose, bei der sich auf einer Seite ein Träger gelöst hatte. Durch das dünne hellblaue Rippenshirt zeichnete sich das Spiel seiner Muskeln nur allzu deutlich ab. Lena blieb wie angewurzelt stehen. Meine Güte, wo kamen nur diese Traumboys her? Er hatte ebenso ungewöhnliche dunkelblaue Augen wie Dierk, ein markantes Kinn, und schenkte ihr jetzt ein umwerfendes Lächeln. Verdammt. Lena war sich sicher, dass sie aussah wie ein gerupftes Huhn, die Haare hatte ihr der Wind wild zerzaust und ihre Wangen waren von der Kälte gerötet. Himmelherrgott noch mal.

„Willst du das Rad zurückbringen?", fragte er jetzt und deutete auf Lenas Fahrrad.

„Nee, ich habe nen Platten und hatte gehofft, ihr könnt mir helfen", sagte Lena, ohne den Blick vom muskulösen Körper ihres Gegenübers abzuwenden.

Er kam rasch auf sie zu und griff nach dem Lenker, dabei berührten sich ihre Hände. Mit einem tiefen Blick in ihre Augen kam er noch ein Stück näher.

„Du kannst es einfach hier lassen, nimm dir im Schuppen ein neues", sagte er, sanft.

Er stand jetzt so nah, dass sie den Duft seines Aftershaves deutlich wahrnehmen konnte.

Verdammt! Was machte sie hier? Sie liebte Dierk und ihr Leben war zurzeit alles andere als unkompliziert. Sie konnte es sich wirklich nicht leisten, jetzt auch noch mit dem Sonnyboy der Insel zu flirten. Was dachte sie sich eigentlich dabei? Zögerlich entzog sie ihm ihre Hände, die er noch immer festhielt, und ging zum Schuppen. Der Rastaman folgte ihr pfeifend.

„Was darf es sein?", fragte er jetzt. „Willst du wieder ein Stadtrad oder magst du mal die neuen Fatbikes testen?"

Er deutete auf eine Reihe Räder mit ungewöhnlich großen und prall aufgepumpten Reifen.

„Die sind extra entwickelt, um auf Sand zu fahren. Wenn du morgen Zeit hast, zeige ich dir, wie es geht, wir können damit über den Strand fahren", grinste er schelmisch.
Lena entschied sich für ein einfaches Rad, mit Korb am Lenker, so wie sie es schon hatte, und verschwand, so schnell sie konnte vom Hof.

Der Abend war kühl und hüllte die ganze Insel in Nebel. Lena hatte sich auf dem Sofa zusammengerollt und trank eingewickelt in eine kuschelige Decke ihren Tee.
Endlich hatte sie Zeit, mit Tami über ihre Pläne zu sprechen. Dierk war noch nicht mal einen Tag weg und die Ereignisse überschlugen sich förmlich. Das Gespräch mit ihrer besten Freundin würde ihr helfen, ihre Gedanken zu sortieren. Sie konnte nur hoffen, dass diese nicht versuchte, ihr die Idee auszureden.
Vorsichtig schrieb sie eine WhatsApp an Tamara, um ihren Anruf anzukündigen. Sie würden sicher länger quatschen, so ein Gespräch brauchte eine gute Vorbereitung. Sie wusste aus Erfahrung, dass sie sonst keine Ruhe haben würden, weil Tamara aufs Klo musste, Chips holen, ihrer Tochter ein Brot machen musste, oder was auch sonst immer anstand.

Rufe dich gleich an, hast du Zeit?
Miss you so!
Jelena

tippte Lena in ihr Handy. Tami hatte ihr schon zu Schulzeiten den Spitznamen Jelena gegeben, die russische Version ihres Namens, und sprach ihn auch gerne mit russischem Akzent. Es war ein alter Gag zwischen ihnen. Prompt klingelte Lenas Handy.

„Jeeeeleeeennna!", kreischte Tami ins Handy. „Endlich! Wo bist du denn verschollen? Sind dir schon Schwimmhäute gewachsen?" Tamaras Redefluss war kaum zu bremsen.
Lena konnte nur kichern. „Taaaamiiii! Miss you so meine Süße. Du musst ganz schnell herkommen und mich besuchen. Es ist der Knaller hier, und Männer...oh Gott, du wärst begeistert, echt", schrie Lena ins Telefon, um gleich mal die wichtigsten Fakten zu klären.
„Los, erzähl, wie isser so, dein Mr. Right?", wollte Tami wissen.
„Und trau dich nicht, was auszulassen, ich will alles wissen, vor allem, und ich betone: VOR ALLEM, die schmutzigen Details", lachte Tami ins Telefon.
Gott, was hatte sie die Freundin vermisst. Tami war wohl so ziemlich das krasseste Gegenteil zu Lena, das es geben konnte, und das war auch das Geheimnis ihrer langen Freundschaft, es wurde ihnen nie langweilig miteinander. Tamara war groß, schlank, hatte langes wasserstoffblondes Haar und war am ganzen Körper tätowiert. Tamaras hervorstechendste Eigenschaft war ihre grundsolide Ehrlichkeit und dass sie immer ungefiltert sagte, was sie bewegte. Sie hatte das Herz am rechten Fleck und trug es auf der Zunge. Mit ihr konnte man wirklich Pferde stehlen.
„Also, wie isser?", bohrte Tami ungeduldig nach. „Und wie ist er im Bett?", kicherte sie verwegen.
„Wie er ist?", nahm Lena die Frage ihrer Freundin auf. "Nun, was soll ich sagen, er sieht umwerfend aus. Kennst du Wayne Carpendale, den Schauspieler?"
„Ihhh, der ist mir zu schleimig", schrie Tami lachend in ihr Smartphone.
Ein Grund ihrer langen Freundschaft war wohl auch, dass sie sich beim Thema Männer nie in die Haare bekamen. Lena mochte den smarten, gepflegten Mann, Tamara stand auf

Typen, die ne Harley fuhren, mindestens ein Tattoo hatten und Tunnels in den Ohren.

„Gut, dann Oliver Bootz? Stell dir eine Mischung aus Oliver Bootz, Wayne Carpendale und Roman Knizka vor. Natürlich wurden nur die besten Anteile von jedem genommen", kicherte Lena ins Telefon.

„Oliver Bootz! Alter Schwede, jetzt hast du mich! Mit dem würde ich gerne mal ne Runde drehen", meinte Tami anzüglich. „Ein Gentleman im Leben und eine Drecksau im Bett, das ist die ideale Mischung", wieherte Tami und sie lachten beide, bis ihnen die Luft wegblieb.

„Du bist echt unmöglich." Lena wischte sich noch immer die Lachtränen aus den Augen. „Warum kommt ihr nicht wirklich ein paar Tage her? Der Typ im Radverleih wär absolut deine Kragenweite!"

„Echt?", Tami war gespannt. Beim Thema Männer war sie immer hellwach.

„Ich hatte heute nen Platten, also fahr ich zum Radverleih, den hat sonst eine nette Frau geführt, ich geh also in die Scheune, und da kommt mir dieser Typ entgegen. Die haben hier alle diese wahnsinnig blauen Oliver Bootz Augen."

„Scheiß Inzucht", konterte Tami und prustete los.

„Nee, die Mutter ist die Schwester von Dierks Tante oder so."

„Sag ich doch: Scheiß Inzucht!", plärrte Tami und war schon wieder am Wiehern. „Also weiter, was ist mit dem Typ?"

„Der schaut hammer aus. Rasta Zöpfe, braungebrannt, muskulös, ich glaub, der ist Surfer, da waren jede Menge Boards im Schuppen. Ich bin nur dagestanden und hab glaub recht doof geschaut. Ich hoffe nur, ich habe nicht gesabbert", kicherte Lena.

„Buch mir nen Flug, ich bin schon da. Ach Mensch, das wäre jetzt echt toll. Aber ich kann hier nicht weg. Mein neuer Job ist voll scheiße, die Chefin ist so eine falsche Kuh. Aber es macht mir trotzdem Spaß. Die Gäste sind nett, und American Diners, das ist halt mein Ding. Rockabilly und so. Und mit etwas Glück kommt auch mein Mr. Right bald hier durch die Tür."

„Das wird er Süße!", sagte Lena liebevoll. „Niemand hat es mehr verdient als du, glücklich zu sein."

Die Freundinnen telefonierten bis spät in die Nacht. Zum Glück war auch Tami von Lenas neuer Geschäftsidee begeistert und redete ihr gut zu. Sie war auch der Meinung, dass es ein Fehler war, immer alles zu hinterfragen, und immer nach den schlechten Dingen zu suchen. „Suche das Pech und du wirst Pech finden, suche das Glück und du findest Glück", war Tamis Lieblingsspruch und damit war sie immer gut gefahren.

Als sie sich verabschiedeten, wurden sie beide sehr wehmütig, es würde noch eine Weile dauern, bis sie sich wiedersahen, und Lena ihre Freundin wieder in die Arme schließen konnte.

5. Die Entscheidung

Als Lena durch die Haustür in den Flur der Pension trat, stieg ihr als Erstes der köstliche Geruch nach frischem Kuchen in die Nase. Tante Wiebke musste gebacken haben. Schnell beeilte sich Lena, in die Küche zu kommen. Sie trat in den Gastraum und blieb wie angewurzelt stehen.
Am Tisch saß kein Geringerer als Dierk, der mit vollem Mund vor einer Tasse Tee saß und sie frech angrinste. Als er Lena sah, sprang er auf und umarmte sie stürmisch.
„Da bist du ja!", stieß er sichtlich erfreut aus.
Auch Wiebke hatte sich erhoben, um noch ein Gedeck zu holen. Lena hatte sich nicht getäuscht, auf dem Tisch stand herrlicher, frischer Butterkuchen, der seinen Duft im ganzen Raum verströmte.
„Du bist schon zurück?"
Lena drückte Dierk so fest an sich, dass sie seine festen Muskeln durch den dünnen Stoff ihres Shirts spüren konnte. Er fühlte sich herrlich an. Einen Moment sog sie seinen Duft ein, dann ließ sie ihn zögerlich los und blickte ihm in die Augen.
„Ja, die Besichtigung ging schneller als geplant, also bin ich in die nächste Fähre gesprungen und so schnell zurückgekommen, wie ich konnte."
Dierk ging zurück auf seinen Platz und schob Lena das Gedeck vor die Nase, dann füllte er ihre Tasse.
„Komm, dann erzähl ich euch alles."
Lena und Tante Wiebke rutschten auf der gemütlichen Eckbank näher an Dierk heran und bedienten sich am Kuchen, dann begann Dierk zu erzählen. „Also: Dr. Waagemuth möchte

mich einstellen, er hat mir einen Lehrstuhl angeboten, was bedeutet, dass ich eine eigene kleine Forschungsgruppe mit meinen Studenten bilde. Auf diese Weise könnte ich an meinem Projekt, der Erforschung der Klimaauswirkungen auf Phytoplankton, weiterarbeiten. Außerdem habe ich ihn davon überzeugt, dass ich mit den Studenten für einige Zeit hier vor Ort sein müsste, das würde bedeuten, dass ich hier ein kleines Forschungszentrum errichten könnte."
Er machte eine Kunstpause und schaute erwartungsfroh in die Runde.
Wiebke stand auf und holte die Flasche mit dem Friesengeist. „Das sind doch mal tolle Nachrichten, mein Junge", strahlte sie zufrieden.
Dierk blickte zu Lena. „Was sagst du? Das gibt uns etwas Aufschub. Das Projekt beginnt im Frühjahr, bis dahin sind es noch rund 6 Monate. Ich kann dir mit dem Aufbau deiner neuen Existenz helfen, was immer du planst, und ich wäre auch anschließend die meiste Zeit auf der Insel. Wenn es dir hier nicht gefällt, bleibt uns immer noch die Möglichkeit, für immer nach Hamburg zu gehen."
Lena war echt überrascht. Dierk hatte alles bereits durchgeplant. Und er hatte sie in seine Pläne einbezogen, ging fest davon aus, dass sie blieb, dass sie eine Zukunft hatten. Hatten sie das? Bisher hatte sie die Entscheidung immer vor sich hergeschoben, jetzt musste sie endlich Farbe bekennen. Wo führte der Weg sie hin? Sollte sie München wirklich für immer den Rücken kehren? Bisher war es alles ein Planspiel gewesen, sie hatte sich vorgemacht, dass sie noch Zeit hatte, einen Schritt nach dem anderen machen konnte. Gestern hatte sie gekündigt und Robert das Messer auf die Brust gesetzt. Wenn sie ehrlich war, war der Termin beim Immobilienmakler und auf der Bank mehr als positiv verlaufen. Jetzt musste sie

nur noch den Mut haben, Wiebke und Dierk in ihre Pläne einzuweihen und ihm endlich eine klare Antwort auf die Frage geben, ob sie wirklich für immer auf der Insel bleiben wollte. Hopp oder Top? Mach es oder lass es, es gibt keinen Versuch! Komisch, dass ihr gerade jetzt dieses Zitat von Meister Yoda einfiel, aber es passte.
Lena holte tief Luft, dann weihte sie Dierk und Tante Wiebke in ihre Pläne ein.

Dierk war vom Tisch aufgesprungen. Er hielt sich die aneinandergelegten Handflächen, wie ein buddhistischer Mönch, an die Nase und lief im Raum auf und ab. Nach einer Weile klopfte er sich begeistert auf die Schenkel. „Das funktioniert", sagte er langsam. Wieder lief er auf und ab, dachte nach. „Ich habe alles durchgespielt alles, was du gesagt hast, das macht Sinn, ich kann keinen Haken finden."
Jetzt strahlte er über das ganze Gesicht. Auch Wiebke strahlte, sie hatte in der letzten Stunde immer wieder Friesengeist nachgeschenkt, vor allem sich selber, und zum Schluss ein Tablett Champagner spendiert, um auf Lenas neues Geschäft und Dierks Forschungsgruppe, die Kinder im Allgemeinen, ihre Liebe und 1000 andere Gründe anzustoßen.
„Du bist großartig!" Dierk nahm sie fest in die Arme und wirbelte mit Lena einmal quer durchs Zimmer, sodass ihr ganz schwindlig wurde.
„Die Finanzierung steht also schon?", fragte er jetzt noch einmal.
„Ja, eigentlich schon. Ich muss vorerst nicht mal meine Wohnung in Freising verkaufen, ich kann sie vermieten, sie ist abbezahlt und Großraum München ist ein teures Pflaster. Ich habe gesehen, dass bei euch die Häuser rund 200.000,-€ kosten, in München kostet eine 3-Zimmer-Wohnung schon

rund 350.000,-€, am Startkapital mangelt es nicht, dazu noch die Abfindung von Hammacher. Alleine die Abfindung reicht für den Anfang."

„Wie willst du vorgehen? Wir brauchen einen Plan, mit wem müssen wir alles sprechen?"

Dierk hatte sich einen Stift und einen Zettel geholt, um eine Liste zu erstellen.

„Nun, das Strandkorb Catering besteht ja vor allem in der Möglichkeit, dass die Badegäste per Telefon direkt bei mir in der Bude anrufen und bestellen können. Dazu brauche ich eine Menükarte mit meiner Telefonnummer. Ich hatte die Idee, die Karten mit meinem Angebot zu laminieren und an jeden Strandkorb eine der Speisekarten zu hängen. Da muss natürlich der Strandkorbvermieter mitspielen. Ich hoffe, er erlaubt mir, die Karten an die Körbe zu hängen, das wird meine größte Hürde."

„Die Gemeinde vermietet die Körbe, das ist kein privater Unternehmer, wir sollten mit der Kurverwaltung sprechen, da du deine Spezialitäten auf echtem Porzellan servieren willst und in echten Gläsern ausschenkst, reduzierst du den Müll am Strand. Außerdem ist es etwas Besonderes. Die Leute mögen nach Sylt fahren wegen dem Gosch, aber du lieferst Feinkost und Champagner direkt in den Strandkorb, das ist ein Werbeknaller für die Kurverwaltung!"

Lenas Augen begannen zu leuchten, dass Dierk sich so für ihr Projekt begeistern konnte, hätte sie nie erwartet.

„Echt? Du meinst echt, die Gemeinde findet es toll und unterstützt mich?"

Jetzt mischte auch Wiebke sich ein. „Dierk hat recht! Das ist etwas, was die Leute sehen wollen, und vor allem ist es ja kein MUSS. Man kann bei dir bestellen, aber eben auch sein eigenes Zeug mitbringen oder sich was oben auf der

Uferpromenade kaufen, das ist der große Unterschied. Außerdem erhebst du nicht den Anspruch, dass es Schickimicki ist."

„Nein, das stimmt. Es soll Feinkost geben, aber auch Bodenständiges. Selbstgebackene Kuchen, belegte Brötchen, Kaffee, Bier und so weiter. Die Krabbenbrötchen möchte ich von Feinkost Störtebecker fertig bestellen, so fahr ich ihm nicht in die Parade, außerdem hat er wirklich die besten. Natürlich kommt sein Label mit auf die Karte als Werbung, ebenso beziehe ich die Brötchen vom Inselbäcker, um die Geschäfte an der Uferpromenade am Gewinn zu beteiligen. So nimmt keiner dem anderen was weg. Die Gäste können sich noch immer entscheiden, ob sie sich selber was vom Bäcker holen oder sich von mir auf einem schönen Teller mit einer Tasse Kaffee liefern lassen. Ich biete den Geschäften und Lieferanten eine kostenlose Werbung auf meiner Bude und auf der Karte an und hoffe im Gegenzug auf einen guten Einkaufspreis."

„Du hast das schon gut durchdacht", stellte Dierk zufrieden fest.

„Ich hoffe, du bist nicht enttäuscht, aber ich habe auch schon mit Miriam darüber gesprochen. Gestern nach der Bank war ich auf einen Kaffee bei ihr und da musste ich ihr einfach alles erzählen. Außerdem wollte ich wissen, was sie als Gastronomin von der Idee hält. Ich hatte ein bisschen Angst, dass ich Schwierigkeiten bekomme, wenn ich der ortsansässigen Gastronomie Konkurrenz mache, aber Miriam sieht es ganz entspannt. Sie sagt, dass es schließlich schon immer einen Kiosk oben am Strand gab, und ob ich die Sachen ausliefere oder die Leute sie bei mir an der Bude holen ist doch egal. Außerdem hat sie mir angeboten, mit ihrem Getränkelieferanten zu sprechen. Ich könnte die Getränke zu

ihr liefern lassen. Aufgrund der größeren Abnahmemenge bekommen wir einen besseren Preis."
„Wow!" Dierk pfiff anerkennend durch die Zähne. „Da lasse ich mein kleines Frauchen zwei Tage alleine und die stellt die ganze Insel auf den Kopf. Du bist echt eine Wucht", dann küsste und drückte er sie so fest, dass ihr fast die Luft wegblieb.

****

Die nächsten Tage waren turbulent. Jede Menge Genehmigungen mussten eingeholt werden, Schanklizenzen erworben, Geschirr, Gläser und Besteck wurden bestellt. Der schwierigste Teil war die Absprache mit den Lieferanten und den ortsansässigen Zulieferern.
Dierk begleitete sie zum Termin mit Feinkost Störtebecker. Sie kannten sich noch aus Schulzeiten, auch wenn Kai Störtebecker einige Klassen über ihm gewesen war, man kannte sich. Die Schule war klein und die Insel erst recht. Lena und Dierk betraten den großen Laden an der Ecke. Herr Störtebecker, der gerade dabei war seine Theke zu putzen, blickte kurz hoch.
„Dierk Hansen, ich glaub das ja nicht", sagte er begeistert und kam hinter der Ladentheke vor, um Dierk freundlich auf die Schulter zu klopfen. Dann sah er Lena und pfiff anerkennend durch die Zähne. „Ah? Sie haben sich Verstärkung mitgebracht, was?"
Er bedeutete ihnen, sich auf die Barhocker an dem kleinen Bistrotisch zu setzen und holte drei Flaschen Bier aus dem Verkaufskühlschrank, bevor er sich zu ihnen setzte.

„Also, ich verkauf Ihnen die Krabbenbrötchen, auf Vorbestellung. Wenn Sie mehr brauchen, muss ich das eine Woche im Voraus wissen", sagte er geschäftstüchtig.
Lena beeilte sich zu nicken.
„Und noch was! Sie dürfen die Kühlkette nicht unterbrechen. Ich kann mir keinen Skandal wegen Fischvergiftung leisten! Das müssen Sie mir versprechen, da ist Mayo dran. Wenn da was passiert, sind wir beide dran! Ist Ihnen das klar?"
Jetzt wurde er streng: „Ich verlange, dass Sie sich ein zweites Thermometer anschaffen, Sie müssen regelmäßig die Temperatur im Kühlschrank kontrollieren. Alles über 6°C ist nicht akzeptabel!"
Dierk wollte gerade einschreiten, aber Lena hielt ihn am Arm zurück.
Mit gestrafften Schultern setzte sie sich jetzt so aufrecht, wie es auf dem unbequemen Hocker möglich war, und eröffnete ihrerseits das Angebot. „Herr Störtebecker, ich biete Ihnen an, dass wir einen Vertrag machen, der Sie ab der Auslieferung an das „Strandkorb Catering" von der Haftung ausschließt. Sollte allerdings etwas mit den Brötchen nicht stimmen, und auch in Ihrem Betrieb Fälle von verdorbenen Krabben bekannt werden, müssten Sie natürlich trotzdem gerade stehen. Wenn Sie mir nicht vertrauen, kann ich auch ohne Nennung Ihres Namens die Brötchen anbieten."
Herr Störtebecker schien zu überlegen, dann stand er auf und kam kurze Zeit später mit einer Flasche Schnaps und drei Gläsern zurück.
„Nee, ich vertrau Ihnen schon. Ich wollte das nur mal gesacht haben!"
Dann tranken sie zur Besiegelung des Geschäfts einen Korn, der ihnen im Hals und in den Augen brannte.

„Und wegen dem Vertrag komme ich dann sechs Wochen vor Saisonbeginn zu Ihnen?", fragte Lena, um sich zu vergewissern, dass jetzt wirklich alles klar war.
„Vertrag? Brauch ich keinen. Wir ham ja eben nen Korn getrunken. Das ist hier so gut wie´n Vertrag! Hab ich recht Dierk?"
Ohne eine Antwort abzuwarten, stand er auf, spuckte sich in die Handfläche und bot Lena einen Handschlag an. Lena betrachtete etwas zögerlich die große, jetzt bespuckte Pranke des Herrn Störtebecker. Seine Hand war groß wie eine Flunder. Dann spuckte sie ebenfalls, symbolisch, in ihre Hand und schlug ein.

****

Der nächste Termin stand am nächsten Morgen an, sie waren mit dem Inselbäcker, Herrn Meck, verabredet.
Lena und Dierk betraten das große Café, das im Stil der typischen Bäckereiketten eingerichtet war. Herr Meck hatte das alte Inselcafé dem Vorbesitzer Herrn Timmermann abgekauft und es, sehr zum Unfrieden der Inselbevölkerung, nach und nach vergrößert. Es eiferte den amerikanischen Vorbildern der „Coffee to go" Ketten nach und viele Mitglieder der Kurverwaltung waren mit der Entwicklung nicht einverstanden. Herr Meck war vor einigen Jahren aus den ehemaligen Bundesländern gekommen und war leider der einzige Interessent für die Bäckerei gewesen.
Über dem Verkaufstresen hingen große Monitore, die live aus der Backstube sendeten.
Lena blieb vor der Theke stehen und wartete, bis das Mädchen hinter dem Tresen, das gerade gelangweilt ihre Brötchentüten stapelte, bereit war sich zu ihnen umzudrehen.

„Sie wünschen?"

„Ich würde gerne den Chef sprechen", sagte Lena absichtlich streng.

Das Mädchen erschrak und begann nervös an ihrem Kittel zu nesteln.

„Ich weiß nicht, ob Herr Meck da ist", log sie schüchtern.

„Ich habe einen Termin!" Lena war heute irgendwie gereizt, sie wusste selber nicht, was in sie gefahren war. Dass sie bei dem unbeliebten Herrn Meck zu Kreuze kriechen sollte gefiel ihr gar nicht, andererseits hatte sie auch keine Lust, sich mit den Ladenbesitzern am Strand anzulegen.

„Oh? Natürlich!", das Mädchen schien sich zu erinnern. „Herr Meck wird gleich bei Ihnen sein, wenn Sie kurz warten möchten?", damit deutete sie auf die freien Plätze im Lokal.

Lena und Dierk bestellten beide einen Cappuccino, der von der jungen Frau hinter dem Tresen in große Pappbecher mit Plastikdeckel gefüllt wurde.

„Zum Hiertrinken", beeilte sich Dierk zu sagen, aber das schien die Verkäuferin nicht zu interessieren.

„Wir haben nur noch Pappbecher. Die anderen sind zu teuer, sagt der Chef. Sie wissen schon, einsammeln, abspülen etc., dafür braucht man Personal."

Dierk nahm das Tablett mit den beiden Bechern entgegen und suchte sich ohne weiteren Kommentar mit Lena einen Platz in der Mitte des Cafés.

„So kann man es auch machen." Lena musste nicht erst in Dierks Gesicht gucken, um zu wissen, dass er sauer war. „Menschen wie er verseuchen unsere Meere. Sieh dir das an: Hier sitzen mindestens 20 Menschen und trinken aus einem Pappbecher mit Plastikdeckel. Und später werfen sie das ganze Zeug achtlos an den Strand."

Lena verstand Dierks Ärger sofort. Vor allem, da sie fand, dass Kaffee aus einer Tasse immer besser schmeckte als aus einem Wachsbecher.

„Ich werde das im Gemeinderat besprechen", sagte Dierk, „vielleicht ist es möglich, durchzusetzen, dass Pappbecher nur im Straßenverkauf erlaubt sind, und im Café die umweltfreundlicheren, wiederverwendbaren Porzellantassen verwendet werden müssen. Ist dir klar, dass wir jedes Gramm Abfall auf dieser Insel auf ein Schiff verladen müssen?"

In diesem Moment steuerte Herr Meck auf ihren Tisch zu. Er war ein kleiner Mann, mit einem ungepflegten Schnurrbart und einem hässlich gemusterten Hemd. Etwas unbeholfen streckte er ihnen die Hand entgegen, um sich dann gönnerhaft in seinem neonbeleuchteten Café mit den knallgelben Plastikstühlen umzusehen.

„So, die Frau Sachenbacher also?", fragte er mit einem deutlichen ostthüringer Dialekt und musterte sie geringschätzig.

Bevor Lena etwas erwidern konnte, richtete er schon wieder das Wort an sie:

"Also, wenn ich das recht verstehe, wollen Sie hier, vor meiner Nase, eine Bude eröffnen?", er deutete mit einem speckigen Finger Richtung Strand und blickte missmutig unter seinen dichten Augenbrauen hervor.

„Ich bin einverstanden, wenn Sie mir eine Mindestmenge von 50 Brötchen, zwei Baguette, einem Schwarzbrot und zwei Torten am Tag garantieren", sagte er bestimmend und verschränkte dann zufrieden die Arme vor der Brust, nachdem er sich Lena gegenüber auf einen der knarzenden Stühle gesetzt hatte. Dierk wollte schon etwas erwidern, aber Lena gab ihm ein Zeichen und beugte sich dann ein Stück näher über den Tisch, um sicher zu gehen, dass sie die volle Aufmerksamkeit von Herrn Meck hatte.

„Herr Meck..", begann Lena ruhig, und Dierk ahnte, dass sie gleich ziemlich galant, aber brachial, Herrn Meck sagen würde, was er sie konnte.

„...sehen Sie", Lena ließ sich Zeit, ihr Lächeln war trügerisch.

„...es ist so, dass ich die Läden an der Uferpromenade gerne an meinem Umsatz beteiligen möchte, es ist also für Sie eine Chance, Ihre Gebäckwaren, über mich, an den Kunden zu bringen. Ich mache Ihnen dieses Angebot, weil ich möchte, dass wir alle gut miteinander auskommen."

Lena streckte sich, um jetzt wieder ganz aufrecht zu sitzen, und sprach gelassen weiter, "Ich bin auf keine Weise von Ihnen abhängig, Herr Meck. Wenn Sie nicht mögen, hole ich mein Brot beim Steinofenbäcker am Ostufer der Insel. Meinen Kuchen wollte ich sowieso größtenteils selber backen, und falls es Ihnen entgangen sein sollte, sitzt neben mir Herr Hansen. Es ist wohl kein Geheimnis, dass wir ein Paar sind. Die Familie Hansen hat sehr gute Geschäftsbeziehungen zu allen Lieferanten der Insel, sodass ich auf ein sehr großes Angebot zurückgreifen kann. Den Stich macht also der Händler mit dem besten Preis. Ich wollte Ihnen allerdings den Vortritt lassen, das erste Gebot abzugeben, wo wir doch jetzt bald Nachbarn sind", schloss Lena und strahlte Herrn Meck aus unschuldigen Augen an.

Herr Meck rang sichtlich um Fassung und blickte sich dann verschämt im Café um, ob jemand Zeuge seiner Demontage geworden war. Dann begann er vorsichtig zu nicken. „Gut, sagen Sie mir einfach, welche Abnahmemenge Sie sich vorstellen, dann kann ich kalkulieren."

Er wirkte jetzt kleinlaut, fast tat er Dierk leid.

„Die Abnahmemenge wird variieren, ich würde gerne wöchentlich bestellen. Sie sollten also eine Mischkalkulation machen."
Lena schob ihm eine Liste über den Tisch. „Das ist die geschätzte Bestellmenge. Genau kann ich aber erst nach dem ersten Monat sagen, was ich brauche."
Herr Meck nickte nur stumm und erhob sich dann etwas betreten.
„Sie bekommen das Angebot in den nächsten Tagen", versprach er und fügte noch ein: „Der Kaffee geht aufs Haus!" hinzu. Dann verabschiedeten sie sich.

Als Dierk und Lena wieder ins Freie traten zog Dierk scharf die Luft ein.
„Phu, so ein Unsympath." Dierk war noch immer sauer. „Und das mit dem Stadtrat meine ich ernst. Ich kenne den Bürgermeister und werde in den nächsten Wochen einen entsprechenden Vorschlag einreichen."
Lena grinste nur schief. „Hast du gesehen, wie klein mit Hut der war?"
Dierk zog sie lachend in seine Arme. „Du bist echt ein gerissenes Biest. Ich muss sagen, die toughe Geschäftsfrau steht dir wirklich gut."
Dann schlenderten sie Arm in Arm am Strand entlang.

*Siehe, wie fein und lieblich ist's,
wenn Brüder einträchtig beieinander wohnen!
Psalm 133:1*

6. Simon

Dierk kümmerte sich in den folgenden Tagen um die Genehmigungen im Rathaus und die Werbung über die Kurverwaltung. Sie saßen im „Schwalbennest" über einem Berg Anträgen, An- und Ummeldungen, Bankpapieren und Ordnern und arbeiteten die Listen ab, die Dierk akribisch erstellt hatte. Lena lag auf dem Sofa und studierte die Auflagen der Gemeinde, als Dierk plötzlich aufstand und seinen Laptop zuklappte.
„Zieh dir was Hübsches an, für heute haben wir genug geschafft. Ich führe dich zum besten Italiener der Insel aus", sagte er fröhlich.
„Du meinst, zum *einzigen* Italiener der Insel", konterte Lena frech und schwang sich von Sofa hoch.
„Du freches Luder legst es doch nur darauf an, dass ich dir den Hintern versohle", lachte Dierk und zog sie in seine starken Arme. Er küsste sie leidenschaftlich und ließ seine großen, weichen Hände über ihren Po gleiten.
„Kann das warten? Ich habe nämlich echt Hunger!", sagte Lena an seine muskulöse Brust gelehnt, nicht ohne Bedauern.

Lena entschied sich für ihre dunkelblaue Jeans, den neuen roten Zopfmusterpulli und rote Ballerinas. Da sie sicher mit dem Rad fuhren, kam kein Rock in Frage und außerdem war es zu kalt. Auf der ganzen Insel gab es keine Autos, daher mussten alle Entfernungen auf der gerade mal 2,2 Kilometer langen Insel mit dem Fahrrad oder per pedes zurückgelegt werden. Soweit sich Lena erinnern konnte, lag der Italiener am östlichen Ende der Insel, sie musste also ein kleines Stück fahren.

Lena und Dierk fuhren nebeneinander auf der breiten, asphaltierten Hauptstraße, die zum Inselbahnhof und dem Ostteil der Insel führte. Zu Lenas großer Überraschung bog Dierk aber in die kleine Seitenstraße ab, die zum Fahrradverleih führte.
„Was wollen wir denn hier?", fragte Lena sichtlich unruhig. Sie hatte keine Lust, auf den Surferboy mit den umwerfenden Augen zu treffen.
„Das Licht an meinem Rad ist kaputt", rief er in ihre Richtung und war schon auf den Hof eingebogen. Sie hatte keine andere Wahl als ihm zu folgen. Wie bestellt kam der Rastaman aus der Haustür des großen Gutshauses, das zum Fahrradverleih gehörte.
„Ich glaub es nicht, mein Brüderchen!", rief dieser jetzt belustigt und stoppte Dierks Fahrt, indem er sich einfach seinen Vorderreifen zwischen die Oberschenkel klemmte. Die beiden Männer begrüßten sich mit einem umständlichen Handschlag und fielen sich dann in die Arme.
„Und du musst Lena sein", sagte Dierks Bruder und kam jetzt zu ihr, um sie ebenfalls in die Arme zu schließen.
Brüderchen??? Der Typ war tatsächlich Dierks Bruder? Dass sie da nicht gleich drauf gekommen war, die gleichen Augen, das markante Kinn, der Blick. Darum hatte sie sich so zu ihm hingezogen gefühlt, er war Dierk wie aus dem Gesicht geschnitten, nur mit langen Haaren.
Lena stand noch immer total verdattert da und sagte kein Wort.

„Dein Ruf eilt dir voraus, schöne Frau", sagte er jetzt. „Man hört nichts Anderes mehr als Lena hier, Lena da…" Er wandte sich an Dierk:. „Mama ist ganz aufgeregt", sagte er und boxte Dierk freundschaftlich gegen den Oberarm.

„Ist sie da?", fragte Dierk jetzt und nickte mit dem Kopf in Richtung Hauseingang.

„Nee, sie ist schon zuhause. Das Haus wienern, damit alles glänzt, wenn ihr am Sonntag zum Kaffee kommt. Ich glaube, sie hat schon eine Million Kuchen gebacken, um Lena zu beeindrucken." Die beiden Brüder feixten um die Wette.

„Christel ist deine Mutter?", brach es jetzt aus Lena heraus, „die nette Frau, die uns die schönen Lunchpakete gemacht hat, ist eure Mutter?"

Jetzt machte alles einen Sinn. Darum hatten sie alle diese unglaublichen Augen. Was war sie für ein Schaf.

„Ganz genau!", grinste Dierk, „Und das hier ist mein leider beknackter, aber liebenswerter Bruder Simon. Er sieht nur so aus, als würde er kiffen, du musst also keine Angst vor ihm haben."

Simon hieb seinem Bruder erneut auf den Oberarm. „Pass bloß auf Kleiner", lachte er. „Was is jetzt datt hier mit dem klapprigen Radd?", sagte er, mit plattdeutschem Akzent, und deutete auf Dierks Mountainbike.

„Licht!", sagte Dierk minimalistisch, so wie es im Plattdeutschen üblich war. Man machte hier ja nicht viele Worte.

„Ja, dann geh nach´n Schuppen hin, aber nimm dir diesmal was Ordentliches, nicht son Gedöns hier", witzelte Simon, woraufhin er diesmal von Dierk spielerisch eine verpasst bekam.

Die Pizza war köstlich! Seit Lena auf der Insel war, hatte sie nur landestypische Küche gegessen. Ein Krabbenbrötchen im Strandkorb und dazu friesisches Bier aus der Flasche war ihnen zur festen Gewohnheit geworden, ansonsten kochten Lena, Wiebke oder Dierk, das was es gerade frisch gab. Sie wechselten sich dabei ab, ohne festen Plan. Meist aßen sie alle unten im Gastraum, der jetzt leer war, wo die Gäste weg waren. Tante Wiebke kochte einen herrlichen Eintopf und sie alle liebten Grünkohl, den es in der kalten Jahreszeit mindestens zwei Mal die Woche gab.

Der Ausflug in die Pizzeria war eine willkommene Abwechslung zum vielen Fisch, den sie sonst aßen.

„Erzähl mir von deinem Bruder", bat Lena, die es noch immer nicht glauben konnte, dass ihr die Ähnlichkeit nicht aufgefallen war. Sie hätte wirklich von selber drauf kommen können, dass die Schwester seiner Tante seine Mutter war. Warum hatte sie angenommen, er hätte nur Tanten auf der Insel und seine Eltern wären auf dem Festland?

„Simon? Hm? Mal sehen. Er betreibt eine Surfschule am Strand. Wenn die Ferien rum sind und das Meer zu stürmisch wird, hilft er unserem Opa im Fahrradverleih. Er ist auch der „Schrauber" in der Familie. Mein Opa repariert Bremsen und kaputte Fahrradschläuche, aber wenn´s ums Tuning, Gangschaltung, Felgenspannung und dergleichen geht, ist Simon ein Ass. Er fährt auch Rennen, Mountainbike, Downhill und macht lauter verrücktes Zeug, wenn er die Zeit dazu findet. Sein neuestes Hobby heißt Fatbike. Du fährst mit riesigen Reifen über den Sand, ist irre anstrengend, ich hab's einmal versucht und nie wieder", sagte Dierk schmunzelnd.

„Oh? Dazu wollte er mich auch überreden, dieses Monsterrad am Strand", Lena grinste bei der Erinnerung.

„Falls er dich doch dazu überredet, verbiete ihm durchs Watt zu fahren. Das ist ein ziemlich empfindliches Ökosystem und der Gedanke, dass demnächst Scharen von bekloppten Urlaubern durchs Watt brettern, macht mir echt Angst."
„Warum trägt er Rastalocken?"
„Weil die Mädels drauf stehen!", lachte Dierk und Lena stimmte stirnrunzelnd mit ein. Simon war wirklich ein attraktiver und sehr charismatischer Mann.
Kurze Zeit später waren sie wieder tief in die Planung von Lenas Catering Idee versunken.
„Was ist, wenn es nicht klappt?", fragte Lena vorsichtig.
„Was sollte nicht klappen, wovor hast du Angst?", fragte Dierk liebevoll und nahm ihre Hand in seine.
„Hm, naja. Ich mach mir schon Gedanken, bzw. ich plane mit Hintertür. Zum Beispiel bestelle ich kein Geschirr mit Firmenaufdruck. Ich habe weiße, neutrale Teller ausgesucht. Wenn alles scheitert, kann ich die auch Miriam schenken, oder Wiebke nimmt sie in der Pension."
„Das klingt doch sehr vernünftig. Du bist eine gute Planerin und kalkulierst knallhart, das gefällt mir. Ich bin sicher, dass du an alles denkst. Erzähl mir von deinen Ideen, nicht von dem, was schiefgehen könnte oder was eventuell nicht klappt", bat Dierk sie ehrlich.
„Also, ich denke am Anfang wird es reichen, erst gegen 11 Uhr zu eröffnen, vorher wird am Strand noch nicht so viel los sein, außerdem haben die Urlauber in den Pensionen und Hotels gefrühstückt und morgens um 9 Uhr noch keinen Hunger."
Sie wartete auf Dierks Zustimmung, der nur still nickte und weiter zuhörte.
„In der Zeit kann ich Wiebke in der Pension helfen. Ich bin zum Frühstück und zur Zimmerreinigung da, um 10 Uhr hau ich dann ab, hole die Sachen bei Störtebecker ab sowie die

Brötchen und Mini-Plunder vom Inselbäcker, dann mach ich die Bude auf."

„Das ist ja klasse!", freute sich Dierk. „Dann kannst du ihr wirklich zur Hand gehen?"

„Ich denke schon. Das Hauptgeschäft stelle ich mir am Nachmittag mit Kaffee und Kuchen vor, den sich die Gäste in den Strandkorb liefern lassen, nach dem Baden. Außerdem setze ich auf das Abendgeschäft mit verliebten Pärchen, die ein Picknick im Strandkorb veranstalten wollen."

„Genau!", freute sich Dierk. „So wie wir! Jeder der die Insel besucht, verbringt mindestens einen Abend am Strand."

„Genau! Da setze ich an. Wer nach 18 Uhr etwas bestellt, bekommt mit der Bestellung ein Windlicht geliefert. Dazu möchte ich Gläser bedrucken lassen, mit meinem Firmenlogo mit dem Strandkorb drauf. Die fülle ich mit etwas Sand und einem Teelicht. Der Einkaufspreis ist minimal, so dass es kein Problem ist, wenn die Gäste die Gläser klauen. Es trägt als Urlaubserinnerung meine Werbung in die Welt."

„Wow!" Dierk pfiff anerkennend durch die Zähne. „Das klingt echt romantisch. Und es wird andere Paare verleiten, sich auch ein Glas Prosecco oder ein Bier zu bestellen, damit sie auch ein Windlicht bekommen."

„Genau, das ist mein Plan. Dann meinst du also auch, dass es klappen könnte?"

„Ich bin echt fasziniert, was in deinem hübschen Köpfchen so alles vorgeht", grinste Dierk.

„Der Inselbäcker verlangt, dass ich seine Serviette als Werbung nehme. Ich will es mir mit ihm nicht verscherzen, er macht mir einen guten Preis und natürlich ist der kurze Lieferweg ungemein praktisch. Wenn mir etwas ausgeht, kann ich jederzeit bei ihm Nachschub holen. Daher komme ich ihm in dem Punkt entgegen. Wir haben uns drauf geeinigt, dass ich nur seine Servietten nehme, wenn ich was von seinen Mini-Plundern verkaufe oder andere Kuchen aus seinem Haus. Ansonsten habe ich eigene, ohne Aufdruck. Er hat nochmal versucht, mir die Abnahme eines Blechs Kuchen pro Tag aufzuzwingen. Jetzt nehme ich täglich 20 Mini-Plunder, die werden vertraglich geregelt, und natürlich das Brot und Baguette für meine Canapés und die Horsd'œuvres. Die Servietten sparen mir wieder Kosten, da ich sie umsonst bekomme."

„Finde ich auch nicht schlimm, du hast eh auf der Karte einen Vermerk, wenn die Sachen nicht selber gebacken sind sondern vom Inselbäcker, warum dann nicht auch auf der passenden Serviette servieren? Geht ja nur um ein paar einzelne Gebäckstücke. Das ist wie beim Bier, da bekommst du auch den Tropfschutz passend zur Sorte."

„Ja, ich dachte auch, ob ich mich vom Störtebecker ebenfalls eindecken lasse, das könnte am Anfang echt Kosten sparen und somit wieder das Risiko minimieren."

„Sag ich doch, du bist ein schlaues Mädchen und kalkulierst knallhart. Ich bin mir sicher, dass der Laden läuft", lobte sie Dierk. „Und jetzt würde ich gerne mit meinem hübschen, schlauen Frauchen alleine sein, solange du noch Zeit für mich hast. Früher als uns lieb ist geht die Saison los, und dann bekomm ich dich wahrscheinlich gar nicht mehr zu Gesicht", sagte Dierk ernst und winkte dem Kellner zum Zahlen.

****

„Papa, es ist doch nur für ein paar Tage, macht bitte nicht so einen großen Bahnhof."

„Du kennst doch deine Mutter!"

Lenas Vater kicherte am Telefon, sie konnte förmlich sehen, wie er die Augenbrauen hochzog und belustigt dreinblickte.
„Dad, bitte! Ich komm nur, um die Wohnung auszuräumen und auszumisten, es ist wirklich kein Grund so ein Zinnober zu veranstalten. Kannst DU Mama nicht bremsen?"
„Deine Mutter bremsen? Du bringst den künftigen Schwiegersohn mit, den Vater ihrer ungeborenen Enkelkinder, und glaubst im Ernst, dass ich deine Mutter bremsen könnte?" Jetzt lachte er richtig! Herzhaft!
Lena verdrehte die Augen. „Daaaaddddyyyy, was soll denn Dierk von mir denken, wenn Mutter schon die ganze Familie einlädt? Wir sind gerade mal 3 Monate zusammen und noch hat er mir keinen Antrag gemacht. Das ist ja wie der Wink mit dem Zaunpfahl, bitte rede mit Mama, sie bringt mich in eine unmögliche Situation."
„Gut, Schätzchen, ich klär das. Aber ihr schlaft schon hier im Haus, oder? Deine Mutter putzt und wienert hier seit Tagen, ich darf mich nirgendwo mehr hinsetzen, geschweige denn, meine Zeitung liegen lassen!"
„Oh Gott! Dad!", stöhnte Lena ins Telefon, „Das ist ein Albtraum! Paps, wir kommen am Freitag eigentlich nur zum Kaffee, bleiben bis zum Abendessen. Dann möchte ich noch nach Freising in die Wohnung. Ich habe nur Samstag und Sonntag zum Packen. Montag muss Dierk in Hamburg sein, darum hatte es sich ja so günstig mit dem Flug ergeben. Das habe ich mit Mama eigentlich auch schon alles besprochen. Warum versucht sie jetzt, alles wieder umzuwerfen?"
„Weil du für immer ans Ende der Welt ziehst Schätzchen?", fragte ihr Vater rhetorisch.
„Dad, ihr seid in weniger als 2 Stunden hier. Es gibt mehrmals am Tag Flüge nach Hamburg und ein kleiner Jet bringt euch direkt auf die Insel."

„Deine Mutter steigt in sowas nicht ein, wenn dann fahren wir mit der Fähre. Aber natürlich hast du Recht, du bist nicht aus der Welt und niemand gönnt dir dein Glück mehr als wir, das weißt du. Aber ein kleines bisschen dürfen wir auch traurig sein, oder?"

„Ach Papa!" Lena wurde wehmütig, „Wir kommen jedes Weihnachten, für mehrere Wochen, versprochen. Dierk will unbedingt Skifahren lernen, wir werden euch noch oft genug zur Last fallen, hab keine Angst." Jetzt lachte sie, um ihren Vater zu beruhigen und die eigenen Tränen zurückzuhalten. Ja, es war tatsächlich ein ziemlich großer Schritt, jetzt wo es ernst wurde, aber für Zweifel war es jetzt zu spät.

7. Wasser, Wind und Weite

Wie verabredet, gingen sie am Sonntag alle gemeinsam in die Kirche. Lena sollte nun auch ganz offiziell der Gemeinde, Freunden und Nachbarn vorgestellt werden. Danach waren sie bei Christel zum Kaffee eingeladen und Lena freute sich schon sehr auf den Besuch. Da sie schon alle Familienmitglieder kannte, war es eher ein Treffen unter Freunden, als ein Kennenlernbesuch, trotzdem war Lena etwas aufgeregt. Sie stand lange vor ihrem spartanisch bestückten Kleiderschank auf der Suche nach dem richtigen Kleid. Schließlich fischte sie das hellblaue Tweed Kostüm und das weiße Seidentop vom Kleiderbügel. Der Rock war zwar etwas eng zum Fahrradfahren, aber sie hatten es nicht weit, und das Wetter war heute sonnig und mild, das musste man ausnutzen. Ihr Haar band sie zu einem festen Pferdeschwanz und fixierte die heraushängenden Ponyfransen mit einer winzigen Klammer. Nur ein leichtes Make up und sie war fertig.
Dierk wartete bereits im Gastraum und pfiff anerkennend durch die Zähne. „Wow, du wirst die schönste Frau in der ganzen Kirche sein", meinte er aufrichtig.
„Ich bin schon ziemlich nervös. Bei uns zuhause bist du unten durch, wenn du dich nicht in der Kirche sehen lässt, ich muss hier also dringend Sympathien einheimsen", grinste Lena.
„Du weißt schon, dass das hier anders ist, oder?", Dierk zog sie belustigt in seine Arme.
„Trotzdem, ich will Land und LEUTE kennenlernen. Wo könnte ich das besser, als beim sonntäglichen Kirchgang? Außerdem, etwas Beistand von oben schadet nie", sagte Lena und schob Dierk ein Stück von sich. „Du hast dich aber auch fein

gemacht", stellte sie jetzt zufrieden fest. Dierk trug einen hellgrauen Anzug, ein weißes Hemd und eine geschmackvolle Krawatte in einem zarten hellblau, die perfekt zu Lenas Kostüm passte.

Die kleine Inselkapelle „Kirche am Meer" fasste rund 150 Gemeindemitglieder und war bis auf den letzten Platz ausgebucht. Der Pfarrer musste echt gut sein, dachte Lena für sich, und freute sich plötzlich auf die Predigt, während sie die hübsch gestalteten Kirchenfenster betrachtete. Über dem Altar gab es ein rundes Fenster mit einer Taube als Zeichen für den Heiligen Geist. Besonders schön fand Lena aber die dezenten Seitenfenster, deren Darstellungen alle das Meer zeigten. Jesus mit den Jüngern beim Fischen, Jesus wird von Johannes dem Täufer getauft und einige weitere Szenen, die Lena nicht kannte. Die Fenster waren nicht zu bunt, was Lena sehr schätzte. Sie verliebte sich auf Anhieb in die kleine Kirche.

Der Gottesdienst war unglaublich schön. Inselpastor Günther Raschen sprach Lena aus dem Herzen, als er seine Predigt begann:

„Wasser, Wind und Weite.
Die Natur ist in Bewegung auf dieser Insel,
Menschen, die vom Festland kommen,
schwingen ein in diese Bewegung.
Erstarrtes löst sich,
Sand kitzelt unter den Füßen,
Wellen kommen und gehen,
und laden ein, zu einem ganz anderen Lebensrhythmus….."

Lena tauchte ein in die Worte dieser Predigt. Der sympathische Pastor untermalte seine Worte, in dem er Wasser aus einem Krug goss. Das Plätschern des Wassers simulierte das Plätschern der Wellen am Strand. Beruhigend und entspannend. Die Worte hüllten Lena ein, gaben ihr Kraft und Halt. Mit jedem Wort sprach ihr der Pastor aus der Seele, als wüsste er, was sie gefühlt hatte, als sie auf der Insel angekommen war. Sie konnte sich nicht erinnern, jemals so eine wunderschöne Predigt gehört zu haben, und fühlte sich einfach rund herum wohl. Zum ersten Mal in ihrem Leben wünschte sie sich, der Gottesdienst würde noch ewig so weitergehen. Mit großer Freude lauschte sie den Worten des Pastors und seiner lebendigen Erzählung. Als im Anschluss ein Gospelchor „Wade in the Water" sang, füllte sich Lenas Herz mit so viel Liebe für dieses Fleckchen Erde, dass ihr fast die Tränen gekommen wären.

Der Gottesdienst war viel zu schnell zu Ende. Lena freute sich darauf, an der Tür Pastor Raschen die Hand zu schütteln und ihm zu sagen, wie sehr ihr seine Predigt gefallen hatte. Es war wirklich ein ganz besonderes Erlebnis gewesen.
Christel und Miriam, die mit ihnen in der Bank gesessen hatten, schoben sich an Dierk vorbei.
„Wir gehen schon mal vor und setzen Kaffee auf", rief Christel im Vorbeigehen, dann waren die beiden auch schon aus dem hübschen Kirchenschiff verschwunden.
Lena nutzte die Zeit, um dem Pastor zu danken, sie unterhielten sich eine Weile, und Lena versprach am nächsten Sonntag wieder zu kommen.

Auf dem Platz vor der Kirche fand sie einen Schaukasten mit den Veranstaltungshinweisen der Gemeinde:

Vögel fliegen ohne Gepäck - Meditation ist Loslassen
Sind Sie mit vollen Koffern gekommen? Voll mit kreisenden Gedanken, Pflichten, Sorgen, Plänen und Ideen? Schleppen Sie das alles Tag und Nacht mit sich rum? Brauchen Sie noch mehr Stauraum? Oder wollen Sie lieber ein paar Koffer auf der Insel stehen lassen?

Es war interessant, wie sehr dieser Ort zu ihrem Leben passte. Lena nahm sich vor, auch auf jeden Fall die Meditation zu besuchen. Es hörte sich an, als ob diese Veranstaltung nur für sie gemacht wurde.

****

Christel wohnte in einem der schönen reetgedeckten Häuser, die Lena schon so oft bei ihren Ausflügen zur Deichkrone am Ostufer der Insel bewundert hatte. Dierk steuerte gleich auf das erste Haus zu, das mit seinem hübschen Holzzaun und dem gepflegten Bauerngarten aussah wie ein Postkartenmotiv. Das Haus selber war weiß gestrichen, neben der Tür stand eine kornblumenblaue Bank. Die schöne Holztür mit den weiß abgesetzten Rähmchen war ebenfalls kornblumenblau. Lena war sprachlos.
„Hier wohnt deine Mutter?", sagte sie atemlos vom Radfahren. Dierk nickte nur lächelnd.
„Da lässt du mich ständig hier vorbeifahren und von den schönen Häusern schwärmen und sagst kein Wort, dass du hier aufgewachsen bist?"
„Vielleicht wollte ich nicht angeben?" Dierk lächelte charmant.

Während Lena die Blütenpracht der hübschen Herbstastern und Dahlien bewunderte, traf Simon ein und schob sie lachend weiter.

„Keine Batzen bilden", sagte er fröhlich und dann traten sie alle zusammen ein.

Christel fiel Lena um den Hals, „schön, dass ihr da seid, willkommen in meinem bescheidenen Reich", sagte sie liebevoll und drückte sie herzlich.

„Danke für die Einladung", erwiderte Lena artig. „Was für ein wunderschönes Haus, und deine Blumen...darf ich ein Foto für meinen Vater machen? Wenn er deinen Garten sieht, platzt er vor Neid."

Christel lachte herzlich, „wenn du magst, gebe ich dir ein paar Ableger mit, ich ziehe alles selber in kleinen Töpfchen groß, da kannst du gerne was mitnehmen."

„Meine Mutter hat sowas Ähnliches wie eine kleine Gärtnerei", witzelte Simon. „Kein Ableger ist vor ihr sicher."

Miriam hatte inzwischen Gläser geholt und reichte jetzt ein kleines Tablett mit einem Schnaps für alle herum. Lena nahm sich eins der kleinen, weiß gefrosteten Gläser. Mit dem langen Stil sahen sie aus wie winzige Weinkelche. „Küstennebel" las Lena auf dem blauen Aufdruck mit dem Seemannsknoten, der jedes Glas zierte.

„Küstennebel?", fragte Lena jetzt mit hochgezogenen Augenbrauen. „Klingt ja aufregend. Gibt es dazu auch einen Spruch?"

„Ja", lachte Simon, „Nich lang schnacken, Kopp in Nacken!"

Alle brachen in Gelächter aus, dann taten sie wie ihnen geheißen.

Der Küstennebel schmeckte nach Anis, wärmte ihre Glieder und sorgte dafür, dass die Anspannung von Lena abfiel.

Sie hatten gerade ausgetrunken, als auch Tante Wiebke und Opa Herrmann von der Kirche zurückkamen. Sie waren zu Fuß gegangen und hatten daher etwas länger gebraucht. Gemütlich setzten sich jetzt alle an den liebevoll gedeckten Tisch. Es gab eine große Auswahl an selbstgebackenen Kuchen, wie Simon schon verraten hatte. Lena wählte ein Stück Himbeertorte mit kandierten Rosenblüten und schmolz dahin.

„Da brauch ich unbedingt das Rezept", Lena sprach mit vollem Mund und deutete mit der Gabel auf die Torte.

„Ach, da gibt es kein Rezept", lachte Christel. „Ich probier öfter mal was aus. Das ist eigentlich ein Rezept für eine Erdbeer-Schokotorte. Ich hab statt der Erdbeeren Himbeeren genommen. Und anstelle des Schokoüberzugs die kandierten Rosen und die Marzipandecke einer Hochzeitstorte. Ich experimentiere gerne und vermische die Rezepte zu neuen Eigenkreationen."

Lena war echt beeindruckt.

„Mann, seid ihr hier alle kreativ", schwärmte sie.

„Hier gibt's nicht viel und der Winter ist lang, da muss man sich mit irgendwas beschäftigen", sagte jetzt Miriam lachend. „Mama und ich backen eben Torten."

„Und du wohnst noch hier im Haus?", fragte jetzt Lena an Miriam gewandt.

„Ja, ich habe mir das Dach ausgebaut. Als Dierk nach Hamburg ist, habe ich sein Zimmer übernommen und Simon ist zu Opa in den Radverleih gezogen. Das war perfekt."

„Aber natürlich haben wir noch immer genug Schlafplätze, falls mal alle meine Kinder hier Unterschlupf brauchen", sagte Christel grinsend.

„Und zur Not eine ganze Pension", warf jetzt Wiebke lachend ein.

Der Kaffee, der das Haus in einen intensiven Duft tauchte, schmeckte herrlich. Lena ließ sich schon zum zweiten Mal nachschenken und fühlte sich unendlich wohl. Dierks Familie war von Anfang an so liebevoll und herzlich zu ihr gewesen, dass Lena sich nicht eine Sekunde wie eine Fremde gefühlt hatte.

Die Dämmerung brach herein und Christel hüllte das ganze Haus in romantisches Kerzenlicht. Sie saßen noch immer in der gemütlichen Wohnküche mit den schönen Landhausmöbeln aus hellem Birkenholz und dem Fliesenspiegel aus alten Delfter Kacheln, die dem Raum ein ganz besonderes Flair gaben. Hinter der großen Eckbank, die ebenfalls aus heller Birke bestand, und dem blank gescheuerten Tisch war der Raum mit einer hellblauen „Petit Fleur" Tapete tapeziert, die ein Stück unter der Decke endete und von einer hübschen Bordüre abgeschlossen wurde.

Begeistert sah sich Lena in dem großen Raum um. Christel hatte wirklich Geschmack.

Als könne sie Gedanken lesen, fragte Christel jetzt, ob Lena sich das Haus anschauen wollte. „Und ob!" Lena freute sich und sprang begeistert auf, um Christel zu folgen.

Wie erwartet war das ganze Haus ein Traum aus liebevoll gestalteten Räumen. Das Wohnzimmer war etwas klein, dafür aber umso schöner gestaltet. Die Wände hier waren aus weißem Rauputz. Eine große Flügeltür mit weißen Sprossenfenstern führte in den Garten und brachte viel Licht in den hübschen Raum. Lena ließ den Blick über die Rosenbeete und den kleinen Nutzgarten schweifen, der mit viel Liebe zum Detail angelegt worden war.

Dann drehte sie sich zu Christel um, die ihr ein Ölgemälde über dem nostalgischen, blauen Sofa zeigte. Es war ein Bild vom Strand, es zeigte Lenas Lieblingsplatz.

„Hast du das gemalt?", Lenas Augen wurden so groß wie Teetassen.
„Nein, meine Mutter. Fast alle Bilder im Haus sind von ihr", sagte Christel und deutete auf ein anderes Bild über dem Sideboard, das eine Impression der Dünen zeigte.
„Wow! Die sind großartig. Sie hat wirklich Talent. Dieser Ausdruck, die Farben", schwärmte Lena aufrichtig.
„Es ist ein Jammer, dass sie schon gestorben ist, ich bin mir sicher, sie hätte dich sehr gemocht Lena, und du sie auch!" Liebevoll strich Christel ihr eine Strähne aus dem Gesicht und legte ihr eine Hand an die Wange.
„Das tut mir sehr leid. Ich hätte sie wirklich gerne kennen gelernt", sagte Lena und schmiegte ihr Gesicht eine Weile in Christels liebevolle Hand.
Sie mochte Christel wirklich gerne. Die beiden Frauen hatten von Anfang an einen Draht zueinander gehabt und sich ohne große Worte verstanden.

Außer der Küche und dem Wohnzimmer gab es unten noch zwei Räume. Eines davon war ein kleines Fernsehzimmer mit einem ausziehbaren Sofa für Gäste. Hier hatte sich Opa Herrmann bereits einquartiert und schaute die Nachrichten. Des Weiteren gab es hier nur noch die winzige Gästetoilette.

Christel führte sie nach oben. Hier war das Haus in zwei Bereiche geteilt. „Hier ist der Miri ihr Reich", sagte Christel und deutete nach links. Dann führte sie Lena weiter, um ihr das große Bad zu zeigen, das mit viel Liebe renoviert worden war.

Hier mischten sich moderne Elemente mit Altem. Die Keramik war weiß, mit abgeschrägten Ecken und kleinem, umlaufendem Relief, die Einhebelmischer waren modern, passten aber dank ihrer nostalgischen Form perfekt in das Raumkonzept. Christel hatte sich für einen Mix aus dunkelgrauen Schieferplatten im Duschbereich und weißen Fliesen im restlichen Raum entschieden. Der Boden war mit wasserfestem Laminat in gekalkter Eiche ausgelegt und gab dem Raum eine wunderbare, warme Atmosphäre. Bei den Handtüchern wechselten sich die Farben braun und grau ab und schufen einen hübschen Übergang. Lena fühlte sich sofort wohl in dem liebevoll renovierten Haus.

Christels Schlafzimmer war eine kleine Kammer unter dem Dach. Eine halbrunde Gaube gab dem Zimmer Gemütlichkeit und sorgte für das nötige Licht. Frische Farben in weiß und lindgrün strahlten mit der Abendsonne um die Wette. Lena trat ans Fenster und bewunderte den Blick auf den Rosengarten von oben. „Das ist immer mein erster Blick am Morgen", sagte Christel begeistert. „Mit dem Nachteil, dass ich schon hier oben sehe, wenn unten ein welkes Blatt hängt." Sie lachten beide über Christels Hang zur Perfektion. Wenn es um ihren Garten ging, gab es für Christel keine Ausreden. „Irgendwas ist immer zu tun", sagte sie jetzt lachend.
Auch unten im Flur spiegelte sich die Liebe zum Detail wider. In den tiefen Fenstergauben der kleinen weißen Sprossenfenster standen Windlichter, Trockenblumensträuße oder Ansammlungen kleiner Bilderrahmen. Auch hier waren die Wände weiß gestrichen. Eine bequeme Holzbank lud zum Verweilen ein und half beim Schuheanziehen. In einem tiefen, hellen Bauernschrank fanden nicht nur die Jacken und Mäntel der Gäste Platz.

Über der Kommode hing ebenfalls ein Ölgemälde. Es zeigte eine junge Frau in einem wehenden weißen Kleid mit einem großen weißen Hut. Sie erinnerte Lena an die Dame aus der nostalgischen Persil Werbung. Es zeigte die Frau von hinten, so dass der Betrachter das Gefühl hatte, hinter ihr zu stehen und ebenso fasziniert wie die Dame, die in den Dünen stand und ihren Hut festhielt, über das Meer zu blicken. Lena war gebannt von diesem Augenblick. Der Künstlerin war es gelungen, die Stimmung einzufangen, und Lena erinnerte sich zurück, wie ihr die Tränen in die Augen gestiegen waren, als sie zum ersten Mal dort oben auf den Dünen gestanden hatte.

Zurück in der Küche gab es eine Überraschung. Miriam und Simon hatten den Tisch neu gedeckt, am Herd kochten Pellkartoffeln, Simon bereitete eingelegten Matjes, während Dierk und Wiebke das frisch gespülte Kaffeegeschirr in die Schränke räumten. Opa Herrmann war derweil im Lehnstuhl im Fernsehzimmer eingenickt.

Der selbstgemachte Matjes war köstlich. Lena ließ sich zweimal nachgeben und platzte anschließend fast, aber das war es wert.
„Simon, du hast echt verborgene Talente", schwärmte Lena.
„Alle meine Kinder können kochen", sagte Christel zufrieden.
„Die Jungs genauso wie die Miri. Das war mir wichtig, dass sie alleine zurechtkommen. Die Zeiten sind ja schließlich vorbei, wo die Frau zuhause bleiben und den Haushalt schmeißen musste, weil ihr Mann selbst das Wasser für den Tee anbrennen ließ." Mit einem verschmitzten Lächeln blickte sie zu Opa Herrmann, der mal wieder vorgab, nichts zu hören, während alle anderen in Gelächter ausbrachen.

Viel zu schnell war der Abend um. Lena hätte noch ewig sitzen können, aber irgendwann war es draußen tief schwarze Nacht und sie hatten noch eine kleine Radtour vor sich. Lena, Dierk, Wiebke und Simon schwangen sich auf ihre Räder. Opa Herrmann würde im Gästezimmer schlafen, weil er zu müde war, um nach Hause zu laufen.

„Noch Lust auf nen Absacker?", fragte Simon, als sie an der Weggabelung zum Radverleih angekommen waren.

„Ich nich", sagte Tante Wiebke und alle wussten, dass sie der Jugend die Möglichkeit geben wollte, unter sich zu sein. So schlugen Lena und Dierk gerne ein und folgten Simon, der vergnügt voran radelte.

Das alte Gutshaus mit der großen Scheune sah besonders schön aus, als sie in den Hof einbogen und die Bewegungsmelder das Haus erstrahlen ließen. Anstatt großer Flutlichter gingen viele kleine Strahler an, die unter dem Dach angebracht waren. Der Eingang der Scheune wurde durch eine nostalgische Laterne beleuchtet, was besonders stimmungsvoll aussah.

Wie erwartet war Simons Wohnung, im ersten Stock des Hauses, modern eingerichtet. Ein riesiges graues Sofa mit einem rauen Bezug und unzähligen Kissen dominierte den großen Wohnraum mit der offenen Deckengestaltung, durch die man die Dachbalken sehen konnte. Dierk ließ sich sofort auf die Wohnlandschaft mit den tiefen Sitzen fallen, während Lena die unzähligen Fotos und Bilder an den Wänden betrachtete. Einige zeigten Simon. Die meisten beim Surfen. Am Great Barrier Reef, in Bali am Strand von Kuta, dem Surferparadies, auf den Malediven, auf Kuba und Hawaii.

„Wow, bist du rumgekommen!" Lena war echt beeindruckt. Er zeigte ihr ein Bild aus Ägypten, wo er mit den Delfinen schwamm.

„Ja, ich hab ein paar Reisen unternommen", grinste Simon und reichte ihr ein Bier.

„Darf ich?", Lena deutete auf den Flur, in dem noch weitere unzählige Fotos hingen.

„Klar, schau dich ruhig um, ich hab keine Geheimnisse. Rechts ist das Schlafzimmer, links das Bad, das war's dann auch schon", sagte Simon und erteilte Lena damit die Erlaubnis, ihre Neugier zu befriedigen, während Dierk und er auf dem Sofa lümmelten und über alte Zeiten sprachen.

Voller Begeisterung betrachtete Lena die Bilder. Landschaften, wie auf einem Fotokalender. Traumhafte Strände, Szenen, so lebensecht eingefangen, als wäre der Betrachter gerade mitten im Geschehen. Simon hatte das Talent seiner Oma geerbt, in einem Bild Emotionen einzufangen und dem Betrachter zu transportieren. Auch die Bilder, die ihn zeigten, waren niemals gestellt, sondern einfach aus der Situation aufgenommen. Nie posierte er vor einem Gebäude und grinste dümmlich in die Kamera, wie tausend andere Touristen. Jedes Foto hatte einen ganz eigenen Charakter. Man wollte davor stehen bleiben und hatte das Gefühl, selbst für einen Moment genau an diesem Ort zu sein.

Als Lena wieder zu ihnen stieß, waren die Jungs in ein Gespräch über Musik vertieft. Simon hatte „Hideaway" von Stanley Clarke aufgelegt, den die Brüder beide verehrten, wie Lena wusste. Die Musik des berühmten Bassisten gefiel ihr ebenfalls besonders gut.

„Ich hätte nicht erwartet, dass du Jazz hörst", sagte Lena, die sich inzwischen durch Simons CD Regal wühlte.

Simon gab ein belustigtes Schnaufen von sich, „wenn du jetzt Bob Marley sagst, muss ich leider schreien", sagte er mit hochgezogenen Augenbrauen.
„Nein, keine Klischees am heutigen Abend", gab Lena breit grinsend zurück.
„Da bin ich aber echt froh", lachte Simon. „Auf den Malis spielen die den „Buffalo Soldier" rauf und runter, das ist echt zum Haare raufen, falls du dich fragst, wo ich die Frisur her hab", gab Simon zurück.
Lena blickte Simon mit zusammengekniffenen Augen an und konterte frech: „und ich dachte, du hast die Frisur, weil du echt heiß damit aussiehst".
Sie schenkte ihm ein Augenzwinkern, währen Simon mit den Zeigefingern seiner beiden Hände auf Lena deutete, um ihr anzudeuten, dass sie den Nagel auf den Kopf getroffen hatte.

Dierk, der dem Geplänkel der beiden bisher amüsiert gelauscht hatte, schaltete sich jetzt ebenfalls in das Gespräch ein.
„Bevor ihr hier noch mehr flirtet, glaube ich, wir sollten langsam heimgehen", sagte er und versuchte ein ernstes Gesicht zu machen, was aber deutlich misslang.
„Bleibt alles in der Familie", konterte Simon und hob lachend die Hand.
„Ich bin tatsächlich langsam müde", gab jetzt auch Lena zu. „War ein langer Tag. Danke für das Bier Simon und für den Einblick in deine Fotokunst. Die Bilder sind wirklich großartig."
Dann verabschiedeten sie sich und radelten fröhlich nach Hause.

8. Freising

Das Wetter war kalt und nebelig, als sie in Hamburg gestartet waren, und München empfing sie ebenfalls mit Regen und schlechter Sicht. Sie waren am frühen Morgen aufgebrochen und schon eine ganze Weile unterwegs. Jetzt war es 11 Uhr und Lena freute sich auf zuhause, ihre Eltern und darauf, ihnen endlich Dierk vorzustellen. Ihr Gepäck bestand aus zwei nahezu leeren Koffern, in welchen jeweils eine Reisetasche darauf wartete, mit Lenas Kleidung und wichtigen Utensilien gefüllt zu werden. Für das Wochenende in München hatten sie jeder nur eine saubere Jeans und ein Oberteil zum Wechseln eingepackt.

Auf dem Gepäckband in der Ankunftshalle drehten sich nur wenige Gepäckstücke. Dierk holte einen Trolley, auf den sie ihre sperrigen Koffer luden, dann machten sie sich auf den Weg durch den Zoll und passierten die große Glastür zur Ankunftshalle.

„LEEEENNNNAAAAAAAAAA!", Tamis kreischende Stimme hallte durch den gesamten Ankunftsbereich.

Eigentlich hatte Lena nicht damit gerechnet, abgeholt zu werden, sie hatten einen Mietwagen gebucht, mit dem sie zu Lenas Eltern fahren wollten um mobiler zu sein und um mehr Autos für den Umzug zu haben. Außerdem wäre die Fahrt zum Flughafen für Lenas Mutter zu nervenaufreibend gewesen. Sie war ohnehin schon total aus dem Häuschen und es war besser, sie durfte „zuhause bleiben und zum gefühlten hundertsten Mal das Tischtuch glattstreichen und darauf achten, dass der

Braten nicht anbrannte", hatte ihr Vater gesagt und Lena war seiner Meinung.

Tamara hatte sie inzwischen erreicht und flog ihrer Freundin ungebremst in die Arme.

„Oh was hab ich dich vermisst", plärrte sie Lena ins Ohr. An ihrem Handgelenk zog sie einen riesigen herzförmigen Folienballon hinter sich her auf dem „Willkommen daheim" zu lesen war. Die beiden Freundinnen gaben sich einen festen Kuss auf den Mund, dann wandte sich Tamara Dierk zu.

„So, du bist also der Mann, der mir meine beste Freundin ausspannt?", sagte sie lachend. Dierk, der noch immer leicht verstört war von dem sehr intimen Kuss der beiden Frauen, konnte nur nicken. Tamis ganze Erscheinung schien ihn zu verwundern. Tamara wirkte für ihre 30 Jahre erstaunlich jugendlich. Ihr langes Haar trug sie derzeit so stark blondiert, dass es eisgrau war. Wie immer war sie stark geschminkt und trug ein enganliegendes Top, das nicht nur ihre festen kleinen Brüste betonte, sondern auch tiefe Einblicke auf ihre stark tätowierte Haut gab. Hinter ihr stand Nele, Tamis 14-jährige Tochter. Sie hatte ebenfalls einen monströsen Folienballon in Herzform in der Hand und fiel lachend in Lenas Arme. Nele hatte ihr von Natur aus dunkelblondes Haar ebenfalls hell blondiert, es reichte ihr bis hinunter zum Po und schmeichelte ihrer schlanken Figur. Nele war inzwischen einen halben Kopf größer als ihre Mutter, was sie noch schlanker und zerbrechlicher aussehen ließ. Die beiden Frauen konnten problemlos als Schwestern durchgehen.

„Was macht ihr denn hier?", schrie Lena mit Freudentränen in den Augen und riss Tami gleich wieder in ihre Arme um sie fest zu drücken. „Ihr spinnt doch!", lachte sie und rieb sich die kleinen Tränchen aus den Augen.

„Euch willkommen heißen, außerdem wollten wir den Mann sehen, der dich auf seine Insel gelockt hat", sagte Tami und knuffte Dierk freundschaftlich in den Arm. Dann stellte sie sich artig vor und drückte auch Dierk links und rechts einen Kuss auf die Wange. Nele gab Dierk schüchtern die Hand und stellte sich als Nela vor. Lena und Tami wechselten einen überraschten Blick.

„Immer wieder was Neues", kommentierte Tamara trocken und zuckte mit den Achseln. Sie war es gewohnt, dass Nele sich immer wieder neue Namen gab. Als sie klein war, bestand sie auf Nelly. Nele war der hochoffizielle Name, der war für Lehrer oder wenn sie mal wieder was ausgefressen hatte, jetzt waren sie also bei Nela angelangt, was auch hübsch klang, wie Lena fand.

Tami und Nele überreichten Lena die mitgebrachten Ballons, die sie einfach kurzerhand an den Gepäckwagen band.

„Das ist so süß von euch", strahlte Lena. „Aber wir fahren nicht mit euch heim, das weißt du schon, Tami? Wir wollen ja mit dem Mietwagen fahren, das hab ich dir doch erzählt?", fragte Lena vorsichtig.

„Weiß ich doch alles! Aber für nen Kaffee habt ihr doch sicher noch Zeit? Kommt, ich lade euch ein."

Nachdem Dierk sich um den Mietwagen gekümmert hatte saßen sie alle im Café des Flughafenrestaurants. Tamara rührte in ihrem Cappuccino, sie konnte zu jeder Tages- und Nachtzeit Cappuccino trinken. Dierk und Nele hatten sich eine Cola geholt und Lena zog am Strohhalm ihres Tonic Waters. Ihr war nach dem Flug etwas flau im Magen und sie hatte Lust auf etwas ordentlich Bitteres.

„Jetzt erzählt schon", jammerte Tami, „wie ist es so auf der Insel?"

Lena hatte ihr in den letzten Tagen unzählige Fotos geschickt, so dass Tamara und Nele sehen konnten, wo Lena in Zukunft wohnen würde.

„Es ist schon echt ein Wagnis, ich würde mich das nicht trauen", sagte Tami und blickte der Freundin fest in die Augen, „nichts gegen dich Dierk, aber mal ernsthaft, habt ihr keine Angst, dass es nicht klappt?" Das war typisch Tami, sie nahm kein Blatt vor den Mund. Tamara sprach immer aus, was ihr im Kopf rumging oder auf der Seele brannte. Dafür liebte Lena sie. Tami war der ehrlichste Mensch, den sie kannte. Sie würde sich nie verstellen, um jemandem zu gefallen oder um Sympathien einzuheimsen. Fishing for compliments war nicht ihre Art.

Lena drehte den Kopf und blickte verliebt zu Dierk.

„Eigentlich habe ich da keine Bedenken. Wir wohnen jetzt seit Monaten auf ganz engem Raum im „Schwalbennest" und es gab noch nie Probleme."

Sie schenkte Dierk ein weiteres Lächeln. „Außerdem würde ich auch ohne Dierk diese Chance wahrnehmen. Durch ihn ist es leichter, aber ich würde das auch alleine durchziehen. Das Konzept stimmt, die Geschäftsidee ist gut und die Finanzierung steht auch. Ich muss das jetzt einfach machen, sonst würde ich es immer bereuen, verstehst du das?"

Sie blickte ihrer Freundin lange in die Augen, bis diese verständnisvoll nickte.

„Ich war mir selten so sicher bei einer Sache. In München habe ich keine Chance, die Konkurrenz ist zu groß, alles ist schon da, oder schon mal da gewesen. Es ist verdammt schwer hier Fuß zu fassen."

Lena griff nach der Hand ihrer Freundin, „wir sind nicht aus der Welt. Sobald alles steht und wir uns etwas eingerichtet haben, kommt ihr uns besuchen. Das wird euch gefallen. Nele kann jederzeit auch alleine in den Ferien kommen, wenn sie mag."

Dierk blickte zu Nele, die beiden hatten sich schon etwas angefreundet. Er hatte sie über die Schule und Berufswünsche ausgefragt und Nele hatte begeistert von ihrem Ferienjob als Barista bei einer großen Kaffeehauskette erzählt.

„Du kannst sogar ein Praktikum bei uns machen", fügte Dierk jetzt an Nele gewandt hinzu.

„Echt?", Nele riss ihre großen bernsteinfarbenen Augen erstaunt auf, „das wäre ja geil!", rief sie begeistert aus.

„Es gibt vor allem viele tolle Möglichkeiten. Du kannst bei Lena im Catering arbeiten oder in der Pension helfen. Wenn es dich interessiert, kann ich dich auch auf der Pflegestation der Seehunde und Robben unterbringen", sagte Dierk.

„Mama!", schrie Nele jetzt aufgeregt, „das will ich machen. Ich will doch Tierpflegerin werden. Darf ich?"

Tamara guckte leicht belustigt von Einem zum Anderen. „Lass dir mal Zeit, Nele. Wir werden sehen, wie deine Noten sind, und dann kannst du dich entscheiden." An Dierk gewandt fügte sie hinzu, „Das wechselt bei Nele zurzeit ständig. Gestern wollte sie noch Schneiderin werden und dann als Modedesignerin arbeiten, dann ist es wieder Kosmetik, Maskenbildnerin, Tierärztin…", sie gab ihrer Tochter einen Kuss auf die Wange, „wenn Dierk und Lena dich einladen, darfst du jederzeit gerne hinfahren, aber verbeiß dich jetzt nicht in ein Praktikum, das dir dann doch keinen Spaß macht. Du hast noch genug Zeit das zu entscheiden, wenn das neue Schuljahr angefangen hat."

Nele rollte demonstrativ mit den Augen.

„Also, dann darf ich Lena besuchen, ja?"

„Jaaahaaaa!", grinste ihre Mutter resigniert, sie konnte Nele sowieso keinen Wunsch abschlagen.

Der Nachmittag brach langsam an und Lena und Dierk verabschiedeten sich. Sie hatten noch 30 Kilometer Fahrt vor sich bis zu Lenas Elternhaus.

****

Dierk saß auf dem Beifahrersitz und drehte nervös den opulenten Blumenstrauß in den Händen, den sie bei Lenas Lieblingsblumenladen besorgt hatten.
Lena blickte hin und wieder lächelnd zu ihm hinüber.
„Kann es sein, dass du aufgeregt bist?", neckte sie ihn.
„Wie auch nicht?", konterte Dierk, „Antrittsbesuch bei deinen Eltern, das ist nicht gerade meine Paradedisziplin".
„Hör schon auf, sie werden dich lieben. Mach dir bitte keine Sorgen."
Die Sonne schien inzwischen am Himmel und tauchte das Land und die Wiesen in ein warmes Licht.
„Ich nehme ihnen ihr kleines Mädchen weg und entführe sie sogar vom Festland", sagte Dierk etwas sorgenvoll. Zu mehr kamen sie nicht. Lena bog bereits in die Auffahrt ihres Elternhauses ein und stoppte den Wagen vor der Garage.
Sofort wurde die Tür aufgerissen und Lenas Mutter stürmte mit Tränen in den Augen auf ihre Tochter zu.
„Oh Gott, da seid ihr ja endlich!", weinte sie lautlos ins Lenas Haar. „Ich hab dich ja sooo vermisst mein Engel", sie drückte Lena eine ganze Weile so fest an ihre Brust, dass diese kaum mehr Luft bekam, dann löste sie sich lächelnd und wischte sich die Tränen aus dem Gesicht, bevor sie um das Auto herum ging und schüchtern Dierk die Hand hinstreckte.
„Sie müssen dann wohl der Dirk sein", sagte sie, wie immer das „e" in seinem Namen vergessend, und blickte ihn

neugierig an. Als Dierk ihr den Blumenstrauß überreichte, war sie so gerührt, dass sie ihn einfach in ihre Arme zog, „Ach, komm her mein Junge, wir sind ja jetzt eh bald irgendwie eine Familie", lachte sie, damit war das Eis zwischen ihnen gebrochen.

Lenas Vater stand noch immer in seinen Filzpantoffeln in der Tür. Er neigte weniger zu emotionalen Ausbrüchen wie seine Frau und hatte wie immer alle Zeit der Welt. Lena ging lachend auf ihren Vater zu. Er trug eine seiner dunklen Cordhosen, ein kariertes Hemd, eine Strickjacke mit Zopfmuster und hatte die Hände tief in den Hosentaschen versenkt. Als Lena bei ihm ankam, fielen sie sich wortlos in die Arme.

Das geräumige Einfamilienhaus von Lenas Eltern war vanillegelb gestrichen und erfüllte mit seinem umlaufenden Balkon aus hellem Holz genau Dierks Erwartungen an ein Haus im bayrischen Voralpenland. Die bogenförmige Eingangstür schmückte ein Glaseinsatz aus gelben Butzenscheiben. Lenas Mutter hatte einen Kranz aus getrockneten Hortensien an die Tür gehängt und auch das typische C+M+B mit der Jahreszahl über der Tür fehlte nicht. Dierk betrachtete das Haus und die Umgebung und fühlte sich sofort wohl. Jetzt wusste er, woher Lena ihr sonniges Gemüt hatte. In dieser Landschaft musste einem einfach das Herz aufgehen.

Lenas Vater begrüßte ihn mit einem festen männlichen Händedruck. „So, etz kommts erst amal herrein, schlagts keine Wurzeln draußen. Ich bin der Hans", sagte er freundlich, dann drängten sich alle ins Haus. Hans führte seinen Gast gleich durchs Haus und erzählte seine alten Geschichten vom Bau des Hauses. „Das Fundament hab ich damals ganz alleine ausgebaggert. Und mit dem Spaten haben wir geschuftet, um den Kanal auszuheben", hörte Lena ihren Vater, der schon wieder voll in seinem Element war. Dann schob er Dierk weiter ins Wohnzimmer und von dort in den Garten.

„Hans, etz wartet doch amal, wir wollen doch erst mal anstoßen", ereiferte sich seine Frau, aber Hans und Dierk waren schon durch die schmale Terrassentür geschlüpft und Hans präsentierte im Garten stolz seine Rosen. Dazu zündete er sich seine Pfeife an, die er schon die ganze Zeit ungeduldig kalt im Mund gehabt hatte, da seine Frau ihm das Rauchen im Haus nicht gestattete.

„Lass ihn Mama. Ich glaub, Papa ist genauso aufgeregt wie Dierk, der muss jetzt erst mal seine Pfeife rauchen", sagte Lena verständnisvoll zu ihrer Mutter, die mit einem Tablett Sekt aus der Küchentür getreten war.

„Wir können doch auch alleine anstoßen", meinte sie vertraulich zu ihrer Mutter, „für den Kreislauf". Sie zwinkerte ihrer Mutter zu und klirrte gegen ihr Glas, die daraufhin tatsächlich erleichtert auf einen der Esszimmerstühle sank und einen großen Schluck aus ihrer Sektflöte nahm.

„Und? Wie findest du ihn?" Lena nickte mit dem Kopf in Richtung Garten, in dem die beiden Männer standen und jetzt über Obstschnitt fachsimpelten.

„Schneidig!", sagte ihre Mutter langsam.

Noch immer wirkte sie ein bisschen wie in Trance. Die Aufregung fiel nur langsam von ihr ab.

„Der sieht schon echt gut aus. Und charmant ist er."

Lenas Mutter zupfte verträumt ein Blatt des großen Blumenstraußes zurecht, den sie in einer bauchigen Vase auf der Kaffeetafel platziert hatte. Dann griff sie über den Tisch und drückte Lenas Hand. „Du wirst schon das Richtige machen mein Kind, hör auf dein Herz. Auch wenn es mir nicht gefällt, dass du hunderte von Kilometern weg bist, die Hauptsache ist, er macht dich glücklich."

„Das tut er, Mama, an jedem einzelnen Tag!"
Die Männer kamen zurück ins Haus und bekamen ein Glas Sekt in die Hand gedrückt.
„Willkommen in der Familie, Dierk!", sagte Lenas Mutter feierlich und verdrückte eine kleine Freudenträne, „Ich bin die Luise."
Somit war auch das geklärt.

Der Nachmittag verlief wie im Flug. Luise servierte ihre wunderbare selbstgemachte Schwarzwälder Kirschtorte, die wie immer von allen Seiten gelobt wurde. Sie tranken Kaffee und redeten wild durcheinander. Lenas Vater fragte Dierk über den Tidenhub, die alten Schifffahrtsrouten und die Seefahrerei im Allgemeinen aus, und Dierk gab bereitwillig Antwort.
„Und deine Familie?", fragte jetzt Lenas Mutter neugierig, „Die wohnen alle in Ostfriesland?"
„Ja, also zumindest die nähere Verwandtschaft. Meine Mutter, meine Tante, mein Opa und die Geschwister", gab Dierk bereitwillig Antwort.
„Und dein Vater?"
„Meine Eltern sind geschieden. Mein Vater hat wieder geheiratet und lebt jetzt in Hamburg. Ich war schon 18, als sie sich getrennt haben, und es gab zum Glück keinen Rosenkrieg. Mein Vater ist nach Hamburg gezogen und hat dort ein Haus gekauft, in dem genug Platz für uns Kinder war. Wir hatten also immer die Wahl, wo wir gerade leben wollten. Während meines Studiums war es ungemein praktisch, ein Zimmer im Haus meines Vaters zu haben. Und auch jetzt, wo ich tageweise in Hamburg zu tun habe, ist es ein großes Glück, ein zweites Zuhause zu haben", sagte Dierk zufrieden.
„Und deine Großeltern haben einen Fahrradladen, ja?"

„Nicht ganz. Mein Opa hat den Fahrradverleih. Als meine Oma gestorben ist, war er plötzlich ziemlich hilflos und einsam in dem großen Haus. Mein Bruder Simon hat sich das Obergeschoss ausgebaut und ist zu meinem Opa gezogen. Mein Opa hat durch die Neuaufteilung im Erdgeschoss eine kleine Wohnung bekommen und meine Mutter ist die meiste Zeit da und hilft ihm im Haushalt. In der Saison haben alle genug mit dem Fahrradverleih zu tun. Simon ist vor allem in der Werkstatt oder in seiner Surfschule, meine Mutter und der Opa schmeißen den Radverleih."

„Ein richtiger Familienbetrieb, was?", lachte Luise.

„Ja, irgendwie schon", lächelte jetzt auch Dierk. „Alle auf der Insel haben irgendwie mit dem Tourismus zu tun. Auch wenn jeder bei uns in der Familie ein anderes Geschäft hat, so halten natürlich alle zusammen und man hilft sich gegenseitig. Opa hat den Radverleih, Simon die Surfschule, Tante Wiebke die Pension und meine Schwester Miriam das Bistro. Bald hat Lena noch ihr Strandkorb Catering, auf das ich mich sehr freue, und mit ihren guten Ideen und der Erfahrung meiner Familie kann eigentlich nichts mehr schief gehen", freute sich Dierk.

Lenas Mutter nickte nur begeistert und strahlte in Lenas Richtung.

„Der Lena gelingt alles, was die sich vornimmt", sagte sie bestimmt.

Dierk nutzte die Gelegenheit und fragte Luise über Lenas Kindheit aus. Geduldig ließ er sich Kinderfotos zeigen und lauschte Luises witzigen Erzählungen, bis Lena das Ganze genervt unterband.

„Mama!!!! Das ist peinlich! Du sollst nicht immer die alten Geschichten erzählen."

Lenas Mutter war voll in ihrem Element und Dierk schien sichtlich Spaß an der Unterhaltung zu haben.

„Sollten wir nicht langsam die Klöße machen?", holte sie ihre Mutter aus den Erinnerungen.
Luise blickte erschrocken auf die Uhr. „Ach Gott, ja Kind. Das hätte ich ja fast vergessen."
Lenas Mutter hatte immer Angst, es könnte jemand verhungern. Mit der Vorbereitung von Essen konnte man sie fast immer vom Thema ablenken. Es sollte Schweinebraten mit Kloß geben und Lena freute sich darauf, mit ihrer Mutter in der Küche noch ein bisschen alleine reden zu können.
Hans führte Dierk derweil durchs Haus, um ihm vor allem seinen Hobbykeller zu zeigen, und die Sammlung seiner Modellschiffe. Lena wusste, dass es im Keller immer einen Schnaps gab, und mutmaßte, dass die beiden nicht zuletzt deshalb im Partykeller verschwanden.

****

Tamara und Nele waren die Ersten, die am Samstagmorgen eintrafen. Die beiden Freundinnen gaben sich einen dicken Schmatzer, Dierk wurde herzlich gedrückt und umarmt, dann packte Tami die Gummihandschuhe aus. „Also, wo geht es los?", fragte sie und blickte sich suchend um.

„Zuerst suchst du dir die Möbel aus, die du haben willst", bestimmte Lena und fügte hinzu, „und du Nele auch. Du kannst dir alles aussuchen, was du willst. Meine Kleider habe ich schon in die Koffer gepackt, was noch da ist kannst du alles haben".
Nele stürmte sofort ins Schlafzimmer, um den Kleiderschrank zu durchforsten.

„Du kannst doch unmöglich das alles hier verschenken?", fragte Tami ungläubig und sah sich in dem hellen, modern eingerichteten Raum um.

„Müssen wir das echt schon wieder diskutieren?", Lena zog eine Augenbraue in die Höhe. „Mein Vater kommt später und holt das Bett ab, das stellt er zuhause in das neue Gästezimmer für uns, alles andere könnt ihr haben. Sucht euch alles aus, was Euch gefällt, der Rest geht zum Sperrmüll, oder, was Gott verhüten möge, mein Vater schleppt es in seinen Partykeller."

Wie auf Kommando drehte sich der Schlüssel im Schloss und Hans erschien auf der Bildfläche. In der Hand hatte er jede Menge kleine Umzugskartons.

„Hier, für Bücher, hab ich extra noch geholt", sagte er schnaufend.

„Brummpa!" Nele schrie begeistert auf. Dann rannte sie auf Hans zu und warf sich in seine starken Arme.

„Nelly mein Schatz", sagte Hans und küsste Nele liebevoll auf den Scheitel. Sie war inzwischen fast genauso groß wie er.

„Du musst mir helfen", energisch zog sie ihren Brummpa an der Hand hinterher.

„Die Kommode, das Schränkchen und der Kleiderschrank kommen in mein neues Zimmer, kannst du mir helfen, die Sachen in den Hänger zu laden?" Ihr Augenaufschlag war filmreif.

Hans folgte geduldig und lächelte nur kurz in Lenas Richtung: „Tja, dann wollen wir uns das mal anschauen."

Tamara folgte den beiden, um die Auswahl ihrer Tochter zu begutachten.

„Brummpa?" Dierk zog eine Augenbraue fragend nach oben.

„Als Nele geboren war, hat mein Vater sich als Opa angeboten und stundenlang mit ihr auf dem Teppich mit den Autos gespielt und dabei komische „Brumm-Brumm" Geräusche gemacht. Eines Tages sagte Nele plötzlich „Brummpa" und das ist ihm bis heute geblieben."

„Die haben doch keine Ahnung", sagte Nele genervt, die die Unterhaltung mit angehört hatte, und verschwand ums Eck. Hans zuckte nur mit den Schultern und folgte den Mädels.

„Tami war grad mal 15, als sie Nele bekommen hat, wir waren damals unzertrennlich, Tami war fast immer bei uns. Ihr eigener Vater ist gestorben, als sie 4 war, und ihre Mutter hat nie mehr geheiratet. Der Typ, der Tamara geschwängert hatte, ist abgehauen. Das Schwein zahlt ihr bis heute keinen Unterhalt. Somit ist Nele ohne Vater und ohne Großvater aufgewachsen. Dad ist gerne eingesprungen, er liebt Nele wie ein eigenes Kind und liest ihr jeden Wunsch von den Augen ab."

Tami kam stirnrunzelnd zurück ins Wohnzimmer. „Kann Nele wirklich all die Möbel haben?", fragte sie unsicher.

„Wenn du es erlaubst?", fragte Lena zurück und schenkte ihrer Freundin einen warmen Blick. „Ich freue mich, wenn die Sachen ein schönes Zuhause bekommen."

„Das schon, Nele ist ja sehr vorsichtig mit ihren Sachen, die passt sicher gut darauf auf, das weißt du ja."

Nele war inzwischen zurück und stürmte jetzt ins Schlafzimmer.

„Kann ich wirklich die ganzen Klamotten haben?", fragte sie vorsichtig.

„Nele hat das Nähen entdeckt", erklärte ihre Mutter jetzt. „Sie hat sich eine herrliche Patchworkdecke aus meiner alten Bettwäsche genäht und eine Bettumrandung für ihr Zimmer. Das hat sie sich selber beigebracht, aus den Handarbeitsheften meiner Mutter", sagte Tami begeistert.

„Naja, du hast mir schon gezeigt, wie das geht". Nele, die jetzt neben ihrer Mutter stand, legte ihr den Arm um die schmale Taille. Mit dem langen, blonden Haar, das sie zu einem dicken Knoten auf dem Kopf festgesteckt hatte, sah sie, wie immer, hinreißend aus.

„Guck mal Mamutschka", sagte Nele jetzt und zog ihre Mutter mit zum Kleiderschrank, „ist die nicht der Hammer, da könnte ich mir ne Tasche draus nähen".

Sie hob begeistert Lenas alte Leopardenjeans hoch.

„Gütiger Himmel", entfuhr es Lena, „wo hast du die denn ausgegraben? Die hatten wir auf dem Van Halen Konzert an. Deine Mutter müsste die Gleiche haben".

„Jaaaa!", plärrte Tami lachend, „die hab ich lange nicht mehr. Dass du sowas aufhebst", prustete sie los.

Nele begann geduldig die Sachen zu sortieren. Es gab einen Haufen für „Stoffe", was bedeutete, dass sie komplett umgearbeitet werden sollten, und einen Haufen für „Klamotten", die Nele selber tragen wollte. Lenas Kleidung war mindestens eine Kleidergröße größer als Neles, aber das störte sie nicht. „Oversize", sagte Nele, „das trägt man heute so. Die Longpullover kann ich als Minikleid tragen, mit hohen Stiefeln ist das der Knaller."

Der Vormittag rauschte nur so dahin und bald waren Neles neue Schränke und Kleider im Transporter verstaut, ebenso das moderne schwarze Ledersofa mit den kubischen Sesseln und dem Chromgestänge.

„Wow", freute sich Tamara, „das hat mir schon immer gefallen".

Tamaras Einrichtungsstil war eigentlich ein ganz anderer. Sie liebte Antiquitäten, hatte alte Möbel, die sie zum Teil selber restaurierte. Tamaras Haus war mit viel Liebe, Tinnef, Deko, Blumen und jeder Menge bunter Kissen gefüllt. Sie hatte ein

gutes Händchen dafür, Antike und Moderne zu mischen. Das neue Sofa und das moderne Sideboard werden sich phantastisch machen, freute sich Lena. Es tat ihr gut, alles aufzulösen. Es war wie eine Befreiung von ihrem alten Leben.
Lena hatte die Eigentumswohnung von ihrer Oma geerbt. „Damit du immer ein Zuhause hast, egal was der Beruf oder das Leben dir bringt", hatte Oma Matthilde in ihrem Brief geschrieben, den sie exakt ein Jahr vor ihrem Tod geschrieben und beim Notar hinterlegt hatte.
Die Wohnung war modern, hell, super chic, aber auch aalglatt ohne Charakter, ohne Persönlichkeit. Lena merkte erst jetzt, dass sie sich in der hochglänzenden Stadtwohnung nie richtig wohlgefühlt hatte.
Lena war ein Kind vom Land, das Haus ihrer Eltern war warm, etwas kitschig, aber gemütlich eingerichtet. Als Lena in die Stadt gezogen war, versuchte sie den Stil der Wohnung der modernen Wohnanlage, in der ein Zahnarzt, eine Bank und ein angesehenes Immobilienbüro angesiedelt waren, anzupassen. Gemeinsam mit Robert hatte sie nach und nach die wenigen persönlichen Stücke gegen Chrom und Möbel mit glatten Lackoberflächen in weiß und schwarz getauscht. Diese Wohnung war so Robert! Sie war wie sein verdammtes Büro, eine Ansammlung von aalglatten Oberflächen, an welchen jedes bisschen Persönlichkeit abperlte.

Oma Matthilde hatte die Wohnung vor einigen Jahren als Anlageobjekt gekauft. Schon damals hatte sie im Hinterkopf, dass Lena eines Tages hier einziehen sollte und finanziell abgesichert war.
„Ich glaub, wir haben alles", sagte Lena und ging durch die leeren Räume. „Morgen wische ich noch durch und putze mit Mama die Fenster, dann können die neuen Mieter einziehen."

Lenas Vater hatte eine fähige Immobilienmaklerin gefunden, die aufgrund der guten Lage und der hochwertigen Ausstattung sofort solvente und äußerst zahlungswillige Mieter aufgetan hatte. Der Mietvertrag war befristet auf ein Jahr. Das gab Lena die Möglichkeit, entweder zurückzukehren oder die Wohnung zu verkaufen, sollte sie in finanziellen Schwierigkeiten sein oder mit Dierk etwas Eigenes kaufen wollen.

****

München verabschiedete sie so, wie sie gekommen waren. Mit Nebel und Nieselregen. Es fühlte sich komisch an zurückzufliegen. Lena hatte nichts dabei außer den 4 Gepäckstücken. Jetzt waren die Reisetaschen gefüllt und durften neben den prall gefüllten Koffern alleine fliegen.
In letzter Sekunde hatte Lena verhindert, dass ihre Eltern sie doch zum Flughafen brachten. Der Abschied an der Haustür ihrer Eltern war schwer genug. Sie wusste, dass sie ihrer Mutter das Herz brach, obwohl sie sich früher auch nicht mehr gesehen hatten, als sie es jetzt tun würden.
„Mama, wir haben Teams, da können wir uns zu einer Videokonferenz treffen. Tami zeigt euch noch mal, wie das geht und dann sehen wir uns, wann immer ihr wollt", hatte Lena versucht, ihre Mutter zu beruhigen.
„Das ist nicht das Gleiche", hatte Luise in ihr Taschentuch geweint.
„Und ihr kommt jeden Sommer zu uns. Ihr könnt so lange bleiben, wie ihr wollt."
„Bis zum Sommer ist es noch lang", ihre Mutter war unbarmherzig.

„Mama! Wir kommen Weihnachten wie besprochen und im März eine Woche zum Skifahren. Ihr kommt im Sommer zu uns und im September ist Papas großer Geburtstag, da sehen wir uns schon wieder. Himmelherrgott nochmal!" Langsam war Lena ungeduldig geworden.

Als sie noch in Freising gewohnt hatte, hatten sie zwar häufig telefoniert, aber aufgrund von Lenas Arbeitszeiten und der Geheimnistuerei von Robert hatten sie sich oft nur Weihnachten und an den Geburtstagen gesehen, also was sollte das Theater?

Dann hatte Lena ihre Mutter zurück ins Haus geschoben.

„Mama, ich rufe dich an, sobald wir gelandet sind. Es machte gar keinen Sinn, dass ihr mitkommt, wir müssen den Leihwagen abgeben und dann geht auch schon unser Flug."

Dann waren sie ins Auto gestiegen und weggefahren.

Lena blickte aus dem Flugzeugfenster, ein letzter Blick auf die alte Heimat und die Berge. Ihr Hab und Gut war in Kisten verpackt und wartete im Hobbykeller ihres Vaters darauf, verschickt zu werden. Alles war akribisch beschriftet. Lena hatte Listen gemacht mit genauen Inhaltsverzeichnissen, auf den Kartons war lediglich eine Zahl aufgemalt, um möglichen Dieben keinen Hinweis auf den Inhalt zu geben. Je nachdem, wie sich alles auf der Insel entwickelte, würde Lenas Vater die Kisten einzeln auf Abruf versenden oder einen Container bei einer Spedition mieten.

Lena wartete darauf, dass sie wehmütig wurde, aber stattdessen war da nur Freude und Glück in ihrem Herzen. Dierk, der neben ihr saß und ebenfalls versuchte, einen Blick aus dem Fenster zu werfen, griff nach ihrer Hand und sah ihr liebevoll in die Augen.

„Traurig?", fragte er, als würde er erwarten, dass Lena der Abschied schwerfiel.
Lena schüttelte nur mit dem Kopf und küsste Dierk lange und sehr zärtlich.
„Sehr, sehr glücklich", sagte Lena jetzt mit leuchtenden Augen. „Ich kann es kaum erwarten anzukommen. Ich freu mich so!"
Jetzt war es an Dierk, sie in seine Arme zu ziehen.
„Das ist das schönste Kompliment, das ich je bekommen habe", sagte er zufrieden.
Lena schenkte ihm ein umwerfendes Lächeln, dann strafften sich ihre Schultern und sie hielt Ausschau nach der Flugbegleiterin.
„So, jetzt ist mir nach Champagner", sagte sie feierlich und freute sich auf ihr neues Leben mit Dierk.
Dierk kümmerte sich um die Getränke und schon bald saßen sie in den tiefen Sesseln und prosteten sich zu. Es war ein Neuanfang und Lena fühlte sich so gut, wie noch nie in ihrem Leben. Frei, zufrieden, glücklich.
Als die Flugbegleiterin den Boardverkauf ankündigte, kam Lena ein Gedanke. Es war eine alte und lieb gewonnene Tradition, sich auf jedem Flug in die Ferien einen neuen Duft zu kaufen. Aufgeregt blätterte sie in ihrem Boardmagazin. Heute flog sie in ihr neues Leben, wenn das nicht einen neuen Duft rechtfertigte, was dann?
Sie entschieden sich für „Acqua di Gioia" von Giorgio Armani für Lena und „Le Male" von Jean Paul Gaultier für Dierk. Außerdem leistete sich Lena ein Körper Duftset von Biotherm, das den schönen Namen „Eau Pure" hatte und sofort an Meeresluft erinnerte.
Unter ihr wurde das Land immer flacher, die Landschaft veränderte sich, und plötzlich konnte sie schon das Meer sehen.

Der Sinkflug war bereits eingeleitet und Lena ergriff eine ungeheure Vorfreude. Sie konnte es kaum erwarten, Wiebke, Christel und Miriam wieder in die Arme zu schließen. In den wenigen Wochen waren sie alle eine große Familie geworden. Der Flieger setzte behutsam auf und rollte zum Terminal, dann waren sie endlich da.

Es dauerte eine gefühlte Ewigkeit, bis ihre Koffer auf dem Gepäckband zu sehen waren. Lena konnte es nicht erwarten. Sie wollte Wiebke in die Arme fallen, ihr neues Zuhause beziehen. Endlich hatte sie alle ihre Kleider, Bücher, Fotos. Alles, was ihr wichtig war, war in diesen Koffern. Ein halbes Leben, dachte Lena.
Es war eine Odyssee mit dem voll beladenen Koffertrolley durch das Flughafengebäude zu fahren. Dierk ging direkt auf den Mietwagenschalter zu, um ihr Auto in Empfang zu nehmen, dass er bereits in Freising vorbestellt hatte. Die Reise mit dem Zug bis nach Harlesiel war zu weit und man musste unzählige Male umsteigen. Mit dem vielen Gepäck undenkbar.
Als kleine Freude hatte Dierk einen eleganten Mercedes bestellt, der sie und die Berge an Koffer und Taschen sehr komfortabel nach Hause brachte.
Außerdem hatte er kurzfristig seinen Termin in Hamburg verschoben, so dass sie jetzt ohne Zwischenstopp nach Hause fahren konnten.

Die Landschaft zog am Fenster vorbei. Lena saß in dem großen, eleganten Wagen und blickte auf ihre neue Heimat. Es war ein Traum. Bisher kannte sie das Land nur von der Bahn und den kurzen Strecken mit dem Bus. Hier auf der Bundesstraße bot sich ihr ein ganz anderes Bild. Große Gehöfte, Bauernhäuser, Felder soweit das Auge reichte. Man konnte tatsächlich schon am Mittwoch sehen, wer Freitag zu Besuch kam, dachte Lena mit einem Lächeln.

Sie kamen an Pferdekoppeln vorbei und sahen Schafe auf den Weiden. Hier war es wie im Bilderbuch. Lena widerstand nur schwer der Versuchung, ihr Handy zu zücken und alle 100 Meter ein Foto zu machen.

Dierk war ein ruhiger und sehr besonnener Fahrer. Während in München immer Lena gefahren war, weil sie sich einfach besser auskannte, saß jetzt Dierk am Steuer und Lena fand, er machte das sehr gut. Sie kamen hervorragend voran und hatten die Autobahn ohne Zwischenfälle passiert. Lena fühlte sich sehr sicher neben Dierk, der jetzt zu ihr rüber lächelte und nach ihrer Hand griff.

„Na? Über was denkst du nach?", fragte er jetzt, da Lena seit der Abfahrt von der Autobahn kein Wort mehr gesprochen hatte.

„Ich bin nur begeistert von der Landschaft. Ich möchte hier überall anhalten, ein Pferd ausleihen und über die Felder reiten", lachte sie glücklich.

„Kannst du denn reiten?"

„Ja…..das ist der Punkt, der meinen Plan vereitelt. Wie schnell lernt man das?"

Dierks Lachen war Antwort genug.

„Wir haben den Inselhof, da kannst du Reitstunden nehmen, wenn du Lust hast", sagte er jetzt versöhnlich.

Lena schüttelte den Kopf.

„Nein. Es war einfach so eine spontane Idee. Weil es hier so schön ist und überall Pferde stehen. Am Strand will ich laufen. Ich denke, ich fange an zu joggen. Das hatte ich schon immer vor. Außerdem will ich zur Meditationsgruppe der Kirche im Meer gehen. Das sollte als Freizeitbeschäftigung ausreichen."

„Das will ich hoffen", grinste Dierk, „schließlich will ich auch noch was von dir haben".
Lena lächelte nur und ließ ihren Blick wieder über die Felder schweifen.
Im Radio sang Lene Marlin „The way we are", und Lena stimmte in die Textzeile mit ein:
„I watch you growing sometimes,
I see myself in you.
It can be scary but kinda funny too..."

Weiter kam sie nicht, der Anleger in Harlesiel kam in Sicht. Dierk lenkte den Wagen auf den nahezu leeren Parkplatz. Der letzte Teil ihrer Reise hatte begonnen. Auf dem Hinweg waren sie mit dem Inseltaxi über Hamburg geflogen. Jetzt freute Lena sich darauf, noch einmal die Reise mit dem Schiff zu machen. Die Fähre ragte bereits majestätisch aus dem Wasser und wartete darauf, dass die wenigen Fahrgäste an Bord gingen.
Dierk hinterlegte den Schlüssel der Autovermietung, während Lena mit dem großen Gepäckwagen an Bord ging. Einer der freundlichen Hafenarbeiter nahm die Gepäckstücke entgegen und verlud alles fachmännisch.
Lena fand einen Platz auf dem Oberdeck und ließ sich erschöpft am Tisch nieder. Dierk, der ihr gefolgt war, freute sich ebenfalls auf die Überfahrt.
Die Bedienung kam und sie bestellten Kaffee und jeder ein Stück Kuchen. Jetzt, wo die Urlauber nicht in Scharen auf die Fähren drängten, wirkte das Schiff riesig. Es war nahezu leer und neben ein paar Einheimischen waren Lena und Dierk die einzigen Fahrgäste. Die See war ruhig, so dass sie ihren Kaffee in Ruhe genießen konnten. Lena war nicht besonders seefest und hatte immer Reisetabletten und Magentropfen in der Tasche, die sie am heutigen Tage zum Glück nicht brauchte.

Die Fahrt dauerte knapp eine Stunde, dann mussten sie nur noch die Strecke mit der kleinen Inselbahn hinter sich bringen, die sie ins Ortszentrum brachte.

Als sie am Bahnhof ankamen, erwartete sie eine Überraschung. Simon war mit dem Handkarren gekommen und half ihnen, die Koffer und Taschen in die Pension zu bringen. Das war wirklich eine Erleichterung, auch wenn es nicht wirklich weit war, aber aufgepackt wie sie waren, war es echt eine große Hilfe.

„Simon!" Dierk entdeckte seinen Bruder als erster, was kein Kunststück war. Beide Männer waren über einen Meter neunzig und überragten die meisten anderen Menschen um einen halben Kopf. Lena flog in Simons Arme und drückte ihn fest.

„Willkommen daheim", sagte Simon zärtlich, und Lena wären beinahe die Tränen gekommen.

9. Dreamteam

Der Sturm hatte die Insel fest im Griff. Seit Lenas Rückkehr waren kaum 3 Wochen vergangen und nun stand der Winter vor der Tür. Es krachte heftig, wenn der Wind mit den Fensterläden spielte oder unter das Dachgebälk fuhr. Man musste bereits am Morgen das Licht einschalten und blickte den ganzen Tag in einen graublauen Himmel. Der Wind peitschte übers Land und knickte die Äste des alten Apfelbaums, bis sie krachend zu Boden fielen.
„Ja, das ist die Natur", sagte Wiebke. „Wer zu schwach ist verliert. Der alte Baum kann die Last seiner Äpfel eh kaum noch tragen. Dann muss ich ihn schon nicht schneiden."
„Ich hätte das gerne gemacht, du wolltest mich ja nicht lassen", ereiferte sich Dierk. „Es wäre besser, die Bäume im Herbst zu schneiden, damit sie im Frühjahr neu austreiben können. Jetzt erfriert der Baum vielleicht an der Stelle wo der frische Bruch ist", sagte er ernst.
Sie saßen im Gastraum und blickten in den Garten.
„Zu spät, mein Junge. Im nächsten Herbst höre ich auf dich."
Dierk war aufgestanden und legte seiner Tante den Arm um die Schulter. „Nein, im nächsten Frühjahr hörst du auf mich", sagte er streng, blickte sie aber aus großen lachenden Augen an.
„Sobald das Wetter es zulässt, werden wir die Bruchstellen sauber abschneiden und die Schnittwunden dann mit etwas Baumharz schützen."
Das war kein Vorschlag, sondern eine Feststellung.
Tante Wiebke salutierte auch brav: „Jawohl, so machen wir das!"

Dann fielen sie alle in Wiebkes Kichern ein.

Lena war derweil zurück auf die lange Eckbank gekrochen und hatte nach der Zeitung geangelt.

„Heute kommt ‚Ein gutes Jahr' im Fernsehen", sagte sie begeistert.

„Ich liebe den Film!", Dierk und Lena hatten gemeinsam gesprochen….

„Ja, der ist echt toll. Guckst du mit Wiebke?", fragte Lena jetzt bittend.

„Ein Fernsehabend? Das haben wir lange nicht gemacht. Oh ja, das wird gemütlich", freute sich Wiebke.

Als sie am Abend Wiebkes Fernsehzimmer betraten, schaute sich Lena interessiert um. Das Zimmer war eine Mischung aus Bibliothek für die Gäste der Pension und Fernsehraum, den Wiebke selten nutzte, da er nicht besonders gemütlich war. Auch die Gäste verschlug es selten in den Raum mit dem alten Röhrenfernseher, den 70er-Jahre Nierentischen und der ausgefransten Tapete. Die meisten Urlauber kamen eh nicht zum Fernsehen auf die Insel und Bücher hatten sie meist auch genug dabei, so dass der Zweck einer Bibliothek auch meist ungenutzt blieb.

Lena und Dierk hatten es sich bereits auf dem geblümten Sofa bequem gemacht, als Wiebke ein Tablett mit rotem Sekt vor ihnen auf dem Tisch abstellte.

„So, zur Feier des Tages", sagte sie lachend. „Der ist schon ewig im Kühlschrank, wird Zeit, dass wir ihn vernichten."

„Boah, lecker", freute sich Lena, „das ist ganz genau das Richtige".

„Also Kinder, schaltet das Programm ein, ich kümmer mich noch um Knabberzeug und Nüsschen", sagte sie und war schon wieder durch die Tür verschwunden. Als Wiebke außer Hörweite war, wandte sich Lena an Dierk.

„Du, ich habe eine Idee. Ich wollte mich schon die ganze Zeit bei Wiebke bedanken. Dafür, dass ich hier wohnen darf, und außerdem will sie kein Geld für das Essen nehmen."

Dierk, der den altmodischen Apparat eingeschaltet hatte, drehte sich Lena zu.

„Ein Flachbildschirm ist es das, was dir vorschwebt?", versuchte er ihre Gedanken zu lesen.

„Nicht nur", erläuterte Lena. „Ich möchte das ganze Zimmer renovieren. Neue Regale, schöne Tapeten, ein neues Sofa…einfach der ganze Raum. Damit man sich gerne darin aufhält und Wiebke einen Rückzugsort hat. Die Gäste nutzen das Zimmer doch eh nie, und Wiebke hat ein riesen Haus, aber außer ihrem Schlafzimmer kein eigenes Reich."

„Wow!", Dierk zog sie in seine Arme und küsste sie fest. „Du bist wirklich was ganz besonderes Lena, weißt du das?", wieder küsste er sie. „Weißt du, wie sehr ich dich liebe?"

Dierks Augen glänzten vor Freude. „Das ist eine ganz wunderbare Idee."

Als Wiebke wieder kam und eine Reihe Schüsseln vor ihnen aufbaute, wollten sie ihren Augen kaum glauben. Es gab Erdnusslocken, Chips, Erdnüsse und Gummibärchen.

„Wer kommt denn noch alles?", fragte Lena spöttisch und Dierk bekam einen Hustenanfall, weil er gerade von seinem Sekt getrunken hatte, der ihm jetzt vor Lachen fast durch die Nase lief.

„Sabbel nicht, heute wollen wir es uns gemütlich machen", lachte Wiebke, dann startete der Film.

****

Am nächsten Morgen liefen die Vorbereitungen für Wiebkes Überraschung bereits auf Hochtouren. Dierk hatte mit seiner Mutter gesprochen, die sofort von der Idee begeistert war, und überlegte, Wiebke für zwei Tage nach Dänemark einzuladen. Elton John gab ein Konzert in Kopenhagen und Dierk versprach, am ersten Tag des Vorverkaufes per Internet Karten zu bestellen. Christel hatte sowieso die Idee gehabt, ihre Schwester zu überraschen, und der Termin passte perfekt.

Lena wälzte in der Zwischenzeit Kataloge und bestellte die Möbel bei den Möbelhäusern vor. Eigentlich nur in einem, bekannten, schwedischen. Hier konnte sie online alles zusammenstellen und bequem per Spedition bestellen. Die Logistik war abenteuerlich und Lena war froh, dass sich Dierk um die Anmeldung der Fracht bei der Reederei kümmerte.
Nachdem alles bestellt war, ging es um die Lagerung der Waren, ohne dass Wiebke Wind von der Nummer bekam. Miriam hatte etwas Platz in einem ihrer Lagerräume gemacht, damit mussten sie auskommen.
Die Spedition hatte per Mail die Lieferung für den kommenden Donnerstag angekündigt und Lena konnte nur hoffen, dass die Sachen tatsächlich auf dem Schiff waren.

****

„Ich glaub das nicht!" Tante Wiebke stürmte atemlos zur Tür des Gastraumes herein und wedelte mit einem Briefumschlag. Lena und Dierk saßen am großen Tisch im Gastraum und versuchten, unschuldig zu gucken, während sie von ihrem Scrabble Spiel aufblickten. Sie wussten, dass Wiebke heute bei

Christel zum Kaffee eingeladen war und diese ihr die Überraschung präsentierte.

„Elton John!", plärrte sie jetzt mit Freudentränen in den Augen.

„Was ist mit ihm?", versuchte Dierk den Unwissenden zu spielen, aber Wiebke fiel ihm sofort um den Hals.

„Du musst gar nicht so tun, junger Mann. Deine Mutter hat mir alles erzählt. Also, was du so alles schaffst. Dass man da noch Karten bekommt!" Wiebke war ganz außer sich vor Freude. Sie hatte noch immer ihren Mantel an und die Handtasche über dem Arm. In der anderen Hand hielt sie ihren tropfenden Schirm.

„Was hat dir Mama erzählt?", fragte Dierk jetzt gespannt.

„Na, dass sie ohne dieses Internet-Dings und deine Hilfe niemals Karten bekommen hätte. Und, dass du guter Junge extra bis nachts um zwölf Uhr am Computer gehockt bist, um der Erste zu sein, als der Vorverkauf losging. So eine Freude."

Wiebke drückte Dierk fest an sich und kam dann auf Lena zu.

„Und du, junges Fräulein, steckst ja wohl mit denen unter einer Decke, was?"

Sie knuffte Lena liebevoll in den Arm und drückte sie an sich.

„Ach Kinder, ich bin so aufgeregt!"

Dann holte sie eine Runde Schnaps, um die Neuigkeiten zu begießen.

Lena und Dierk wechselten indes verstohlene Blicke, der erste Teil der Überraschung hatte also schon mal geklappt. Hoffentlich ging es so gut weiter, betete Lena.

Der Donnerstag war voller Aufregung, und tatsächlich kam der Frachter pünktlich um 9 Uhr am Hafen an. Dierk hatte sich ein Lastfahrzeug ausgeliehen. Wie alle Autos auf der Insel war es ein Elektrofahrzeug und gehörte dem hiesigen

Dachdeckerbetrieb. Simon half die Pakete auf die Ladefläche zu hieven, dann brachten sie alles in die Düne 17, wo Miriam schon gespannt wartete. Keiner von ihnen konnte es mehr abwarten die Renovierung zu starten. Wiebke und Christel würden am 11. November nach Kopenhagen aufbrechen, so lange mussten sie sich jetzt also noch gedulden.

10. Elton John

„Hast Du unsere Pässe?" Christel schien deutlich aufgeregter als Wiebke, die jetzt die Treppe herunter kam.
Wiebke trug heute Großgeblümtes in Form eines Oberteils mit blauen Rosen auf cremefarbenem Grund. Dazu hatte sie eine ebenfalls cremefarbene Hose an und sehr elegante flache Schuhe.
Dierk pfiff anerkennend durch die Zähne. „Holla die Waldfee", scherzte er und Wiebke kniff ihn in den Arm.
„Du sollst mich nicht aufziehen", schimpfte sie spaßhalber.
„Mach ich auch nicht. Du siehst sehr chic aus."
„Wo er Recht hat..." Lena stand an der Treppe und blickte ebenfalls begeistert zu Wiebke.
„Das ist doch nur meine Reisekleidung", wiegelte diese ab.
Lena war mit Wiebke einkaufen gewesen und sie hatten ein tolles neues Oberteil mit Wasserfallausschnitt in Nachtblau mit Glitzer ausgesucht, für den Abend mit Elton John. Dazu eine schmal geschnittene, ebenfalls nachtblaue Hose, die ihr hervorragend stand. Auch Wiebke wirkte jetzt aufgeregt, als sie den kleinen Rollkoffer von der Treppe hob und das Haus verließ.
Vor der Tür stieß sie fast mit Simon zusammen, der mit dem Handkarren gekommen war, um die ersten Möbel aufzuladen für den Sperrmüll.
Lena bekam einen riesen Schreck. Würde jetzt alles auffliegen? Die schöne Überraschung?
„Simon? Was machst du denn hier?" Tante Wiebke war sichtlich verwundert darüber, ihren Neffen zu sehen.

„Ich bringe die Damen zum Bahnhof!", konterte dieser galant und zwinkerte Lena unauffällig zu, die scharf die Luft einzog. Das war gerade nochmal gut gegangen.

„Ach, du guter Junge. Wir haben doch fast kein Gepäck, und der Koffer hat Rollen." Wiebke schien echt gerührt zu sein. Zumindest glaubte sie Simons kleine Notlüge und das war die Hauptsache.

„Nix da. Ich bringe euch", damit lud er das Gepäck auf den Wagen, nebst der Handtaschen der Damen und schenkte seiner Mutter ein verschwörerisches Grinsen. Auch Christel war erschrocken, ihren Sohn hier zu sehen.

So bald das Leiterwagen-Trio außer Sichtweite war, traute sich auch Miriam aus ihrem Versteck. Sie war in letzter Sekunde hinter die Büsche gesprungen und kam jetzt lachend hervor.

Die Mädels fielen sich in die Arme.

„So, erst mal Kaffee", bestimmte Miriam und wanderte Richtung Gastraum, wurde aber von Dierk sofort aufgehalten.

„Nix da Fräulein, wir haben nur zwei Tage Zeit, die Tapete muss trocknen. Kaffee gibt es, wenn die Tapete hängt, ab dann müssen wir eh warten", sagte Dierk, der seine Schwester unbarmherzig in das alte Fernsehzimmer geschoben hatte. Lena kam aus der Küche, für jeden einen Humpen dampfenden Kaffee in der Hand.

„So, du hast unseren Kapo ja gehört. Aber wenn wir was schaffen wollen müssen wir uns auch stärken können", sie reichte Miri grinsend die Tasse.

„Oh weh, ihr habt euch schon gegen mich verschworen, oder?" Dierk musterte sie aus zusammengekniffenen Augen. Dann griff er nach Lena, um sie ordentlich durchzukitzeln. Es ergab sich eine wilde Jagd durch den Flur, begleitet von Lenas lachendem Schreien und Kreischen.

Simon betrat das Haus. „Leute, ihr könnt später noch rumalbern, wir haben zu tun", sagte er und schenkte ihnen einen genervten Gesichtsausdruck, der alle zum Losprusten brachte.

Endlich wurde es ernst. Simon schnappte sich auch einen Kaffeebecher und sondierte die Lage, während Miri und Lena anfingen, die Regale auszuräumen. Lena hatte im Keller Bananenkisten gesammelt, die sie jetzt mit Tante Wiebkes alten Büchern füllten und alles im großen Gastraum lagerten. Sie kamen gut voran. Die Männer schlossen den alten Fernseher ab und trugen die Möbel nach draußen. Sie waren fast fertig, als es draußen hupte. Der junge Dachdeckermeister war vorgefahren. Jonas Störtebecker war der Sohn von Feinkost Störtebecker und seit kurzem selbständig. Als Dachdecker verfügte er über ein Elektrofahrzeug, um sein Material zum Kunden zu bringen. Jetzt hatte er die weiß gestrichenen Nut- und Federbretter geladen, die später die Wandvertäfelung im neuen Fernsehzimmer ergeben sollten.

Alle packten mit an, und in kurzer Zeit war der Wagen ausgeladen und das Material im Gastraum gelagert.

„Wenn ihr wollt, fahr ich euch den Sperrmüll noch schnell zum Wertstoffcontainer", bot Jonas an.

„Echt? Das wäre wirklich klasse!" Dierk freute sich. Nicht nur dass Jonas ihnen die Bretter zum Einkaufspreis verkauft hatte, er würde auch am nächsten Tag mit einem Lehrling kommen und alles mit einer Nagelpistole professionell verlegen. Das sparte ihnen wertvolle Zeit.

Während die Männer die Möbel verluden, prüften Lena und Miriam die Tapete. Dierk hatte bereits letzte Woche versucht, ein Stückchen Tapete hinter einem Regal abzulösen. Es war erstaunlich leicht gegangen. Heute würde sich rausstellen, ob sie nur zufällig ein leichtes Stück erwischt hatten. Miri löste vorsichtig eine kleine Ecke, dann nahm sie die ganze Bahn in die Hand und zog. Sie hatten Glück, es war tatsächlich eine ablösbare Tapete.

Natürlich hätten sie auch übertapezieren können, aber sie waren sich alle einig, dass es unprofessionell war und wenn sie schon renovierten, dann sollte es auch etwas Langlebiges mit Qualität sein.

Die Männer kamen zurück und staunten nicht schlecht. Miriam und Lena hatten bereits zwei Wände abgezogen und nichts schien sie aufhalten zu können. Dierk musste sich beeilen, um die Vorhangstangen abzunehmen, Simon war derweil in den Keller geflüchtet, um den Tapeziertisch zu suchen.

In weniger als zwanzig Minuten war der Raum tapetenfrei und besenrein.

Dierk nahm noch einmal Maß, dann half er Simon mit dem Tapeziertisch.

„So Mädels, könnt ihr bitte die Bahnen schneiden? Simon und ich tapezieren, und ihr kleistert ein, ja?" Dierk spielte wieder den Kapo und alle lachten.

„Jawohl!", sagte Lena und salutierte.

„Jawohl, was?", fragte Simon.

„Jawohl, Sir!", beeilte sich Lena zu kontern.

„Geht doch!", grinste Simon.

„Rührt euch", lachte jetzt auch Dierk, der den Quirlaufsatz auf den Akkuschrauber gebaut hatte und den Kleister anrührte.

Sie arbeiteten Hand in Hand. Lena und Miriam schnitten die Tapeten und begannen mit dem Einkleistern, Dierk stieg auf die Leiter und klebte die erste Bahn, Simon strich mit dem Tapezierbesen alle Luftblasen raus. Es ging wie das Brezel backen, sie hatten schnell einen Rhythmus. Kleistern, einschlagen, kurz einziehen lassen, kleben, streichen und wieder kleistern.

Die erste glatte Wand war nach nur einer Stunde geschafft und sah hervorragend aus. Lena war stolz auf sich. Die fröhlich gelbe Tapete mit der leichten Struktur sah nicht nur gut aus und war leicht zu verarbeiten, sie tauchte vor allem den Raum in ein weiches Licht und gab ihm eine behagliche Atmosphäre.
Eine weitere Stunde klebten sie Tapeten und schafften eine weitere Wand. Dann war es Mittag. Lena hatte am Vortag Hefeteig vorbereitet, den sie jetzt in der Küche ausrollte und zwei Bleche damit belegte. Miriam strich derweil weiter Tapeten ein, jetzt kam der knifflige und langsame Teil mit den Fenstern und das Ausschneiden der Nischen. Lena belegte die Pizza mit Schinken, Käse und Ananas für Simon und sich. Miriam und Dierk mochten lieber Zwiebeln, Schinken, Artischocken und Champignons. Dann deckte sie den großen, quadratischen Tisch im Gastraum, an dem sie alle Platz fanden.

Wie immer schmeckte es köstlich. Lenas Pizza war inzwischen berühmt und sie schlemmten begeistert. Die Damen tranken ein kleines Glas Rotwein zur Belohnung, während die Männer auf ein herbes Bier schworen.
„Nützt nix!", sagte Dierk, „wir müssen weiter machen. Wenn Jonas morgen die Holzvertäfelung anbringen will, muss alles trocken sein". Alle stimmten ein und schon ging es weiter. Jetzt kamen sie deutlich langsamer voran. Jetzt konnte auch nur noch einer auf der Leiter arbeiten, der zweite Mann konnte nicht viel helfen. Miri und Lena verschwanden in den Gastraum, begannen die Bücher abzustauben und zu sortieren, motteten das alte Geschirr ein.
Jonas Störtebecker erschien auf der Bildfläche.
„Ich hab ne halbe Stunde Zeit, wenn ihr wollt, holen wir die neuen Möbel aus dem Lager."

Lena war begeistert, das gab einen Zeitbonus. Lena löste Simon beim Tapezieren ab, der jetzt mit Miriam und Jonas in die Düne fuhr.

Dierk war ein sehr guter Handwerker. Er hatte eine Eselsgeduld und schaffte es mit Ruhe und ganz viel Liebe zum Detail, auch die schwierige Wand mit den Fenstern perfekt zu tapezieren. Nie verlor er die Lust, nie fluchte er.

„Du bist ein verdammter Heiliger", sagte Lena anerkennend.

„Wenn ich mich aufrege, geht es auch nicht schneller", scherzte Dierk.

„Ich hätte das schon drei Mal hingeschmissen."

„Dann wissen wir jetzt ja auch, warum ich tapezier und nicht du", grinste Dierk.

Nach einer weiteren Stunde war es endlich geschafft. Jonas und Simon kamen zurück, lagerten die neuen Möbel im Gastraum, Lena half beim Ausladen, Dierk gab sich der letzten Wand hin. Noch eine Wand, noch zwei blöde Fenster. Es war jetzt 15 Uhr und sie lagen gut in der Zeit.

Das Telefon schrillte und riss sie alle aus der Betriebsamkeit. Lena stürzte zum Telefon, da sie die Aufsicht über die improvisierte Rezeption hatte.

Seit Lena mit ihrem Laptop eine Webseite für die Pension erstellt hatte und ein Buchungssystem installiert hatte, war sie die unausgesprochene Rezeptionschefin.

„Haus Wiebke, schönen guten Tag, Sie sprechen mit Lena, was darf ich für Sie tun", flötete sie geschäftstüchtig ins Telefon.

„Huhuuu, wir sind's", plärrte Wiebke in den Hörer. Sie konnte sich nicht daran gewöhnen, dass man auch mit einem Handy bei größeren Entfernungen nicht zu schreien brauchte. „Wir sind angekommen und wollten nur Bescheid sagen, dass alles geklappt hat....ach, und das Hotel ist ein Traum!", schrie sie gegen den Wind, der jetzt heftig in die Sprechmuschel blies.

„Das ist toll, Tante Wiebke. Hier ist auch alles ok", beeilte sich Lena zu sagen.

„Kinder, da ist noch Gulasch eingefroren, wenn ihr Hunger habt", sagte sie jetzt besorgt.

„Wiebke, du hast Dierk zu einem hervorragenden Koch ausgebildet", lachte Lena fröhlich ins Telefon, „und ich kann auch kochen, wir werden nicht verhungern. Simon ist außerdem da, wir hatten heute Pizza", beeilte sie sich zu sagen, weil Simon im Hintergrund fluchte.

„Och? Da bin ich einmal außer Haus und du machst Pizza?", Wiebke versuchte empört zu klingen, Lena wusste aber, dass sie nur Spaß machte.

„Habt nen schönen Abend heute, ja? Grüß mir Elton John. Wir müssen jetzt aufhören, das wird sonst zu teuer", mahnte Lena.

„Ja, ich ruf an, wenn wir morgen auf der Fähre sind, ja?"

Sie wechselten noch einen Gruß, dann legte Lena zufrieden auf.

„Pha, glaub nicht, dass sie was gemerkt hat", schnaufte Lena und fing Miriams belustigten Blick auf. Dann machten sich die beiden Damen ans Auspacken der Möbel.

Simon stand unterdessen auf der Leiter und löste seinen Bruder ab, der jetzt von unten Anweisungen gab und die Tapete einschnitt für die Fensteraussparungen. Sie waren ein Topteam, das musste man den beiden lassen. Beide waren akkurate und sehr akribische Arbeiter, die sich nicht aus der Ruhe bringen ließen. Die letzte Bahn wurde unter den begeisterten Anfeuerungsrufen von Lena und Miriam geklebt. Letztere hatte bereits ein Tablett mit Friesengeist vorbereitet, um auf die gemachte Arbeit anzustoßen.

„Geschafft!", Simon thronte zufrieden auf der Leiter und betrachtete begeistert seine Arbeit. Sie alle taten es ihm gleich, nahmen sich dann vom Schnaps und stießen an. „Auf unser Dreamteam!", sagte Miriam und Simon gab sein berühmtes „Nich lang schnacken, Kopp in Nacken!" zum Besten.

„Pause!", rief Dierk und erntete damit Applaus und so fielen sie alle erneut in den Gastraum ein.

Miriam kochte Kaffee, Lena brachte den Kuchen, den sie extra aufgetaut hatte, und sie setzten sich, wild durcheinanderredend, an den großen Tisch.

Lena hätte den Moment gerne eingefangen. Die Euphorie über die geschaffte Arbeit, die Vorfreude auf das fertige Zimmer und die Spannung auf Tante Wiebkes Gesicht, wenn sie fertig waren.

„Ok, wir können noch den neuen Fernseher montieren", meldete sich jetzt Simon. „Er kommt an die Wand, die wir zuerst tapeziert haben. Sie sollte so weit trocken sein, dass wir den Wandhalter befestigen können."

„Ich habe mir gedacht, Miriam und ich könnten schon einen Teil der Regale aufbauen, wir stellen sie in die Mitte des Raumes. Wenn Jonas morgen kommt, hat er trotzdem genug Platz oder?", fragte jetzt Lena.

„Super. So machen wir es. Auch die neue Lampe können wir schon montieren und in zwei Stunden die Löcher für die Vorhangstangen bohren", beschloss Dierk.

Die Kaffeepause ging zu Ende. Keiner von ihnen konnte ruhig sitzen, sie hatten alle Lust weiter zu machen.

Nach zwei weiteren Stunden war es endlich geschafft. Lena und Miriam hatten alle Regale zusammengebaut und in der Mitte des Raumes aufgestellt. Die neuen Vorhangstangen waren montiert, die neue Lampe, die Halterung für den neuen Fernseher saß bombenfest. Und, das Wichtigste: Er hing! Der neue Flachbildschirm mit einer Bildschirmdiagonalen von 139 cm war ein echter Hingucker und von Dierk gesponsert worden. Die Männer waren in ihrem Element und saßen andächtig vor der riesigen Flimmerkiste, während Dierk die Sender programmierte. Lena und Miriam waren noch immer starr vor Schreck.

„Der. Ist. Riesig.", sagte Miriam und hatte die Augen weit aufgerissen.

„Das sagen die Mädels immer beim ersten Mal", zwinkerte Simon ihnen zu und fing sich eine Kopfnuss von seiner Schwester ein.

„Blödmann!"

„Ich glaub mir wird schwindlig", sagte jetzt auch Lena benommen.

„Das ist mal ein Bild!" Dierk war zufrieden. Ja, das war ein Bild. Halleluja, und haste nicht gesehen.

„Demnächst kommen die Gäste nur noch wegen unserem neuen Fernsehzimmer", spottete sie.

„Heimkinoanlage", berichtigte sie Dierk und hob warnend den Zeigefinger.

„Gesundheit", meinte Miriam trocken.

Dierk zappte durch die Sender. „Geht alles", freute er sich.

„So, dann jetzt bitte Action!", befahl Simon und fand tatsächlich nach kurzer Suche einen Film, in dem Bruce Willis schon wieder blutverschmiert hinter einem Auto herjagte.

„Bingo!"

Miri verabschiedete sich.

„Morgen um 9 Uhr?" Miriam hatte sich nochmal umgedreht.

„Genau!" Lena kam auf sie zu und drückte sie fest. „Danke fürs Helfen!"

„Da nich für", sagte Miri nur lachend und verschwand in der Dunkelheit.

Dierk und Simon hockten im neuen Heimkino auf dem Boden und verfolgten begeistert den Film. Lena verabschiedete sich ebenfalls nach oben, jetzt noch eine heiße Dusche und dann ab ins Bett. Zum Abendessen hatten sie die Reste der Pizza aus der Hand gegessen, das sollte genügen.

****

Am nächsten Morgen fühlte sich Lena erstaunlich wach und ausgeschlafen. Die Vorfreude auf den Tag war so groß, dass sie pfeifend aus dem Bett sprang. Dierk und sein Bruder Simon waren noch bis spät in die Nacht vor dem neuen LED-Bildschirm gehockt und hatten gar nicht genug von der neuen Attraktion des Hauses bekommen können. Simon hatte deshalb in einem der Gästezimmer übernachtet, was den Vorteil hatte, dass er jetzt gleich zur Stelle war. Lena hörte ihn bereits unten in der Küche mit den Töpfen klappern. Etwas verschlafen schaute jetzt auch Dierk unter der Decke vor. Unten hupte ein Auto. Jonas war offensichtlich schon da und Lena beeilte sich, nach unten zu kommen.
Wie erwartet, waren Jonas und sein Azubi bereits eingetroffen. Lena begrüßte die beiden an der Tür und bot ihnen einen Kaffee an, aber Jonas wollte gleich loslegen. Lukas, der Auszubildende, war klein und gerade mal 17 Jahre alt, trotzdem hatte er schon erstaunliche Kraft. Er holte die vorlackierten Bretter aus dem Gastraum und begann sofort die Wandverschalung zu montieren. Lukas steckte und hielt, während Jonas die Bretter an die Wand schoss. Es ging rapide. Lena setzte sich kurz zu Simon, der den Frühstückstisch gedeckt hatte, und machte sich ein Brötchen mit Schinken und Käse, dazu trank sie einen Kaffee. Simon wirkte etwas verschlafen.

„Das letzte Bier war schlecht", scherzte er. „Ich trinke sonst nix. Bin´s wohl nicht gewöhnt", sagte er und fuhr sich verschlafen über die Rastamähne.

Dierk kam grinsend die Treppe runter, goss sich einen Tee ein, um dann sofort Jonas und Lukas zu helfen. Die hatten bereits 3 Wände fertig.

„Boah, das geht ja echt fix", lobte er die Jungs.

„Ja, ist ja nur noch stecken und nageln. Vorgeschnitten hatte ich ja schon alle und etwas Ersatzmaterial hab ich auch dabei. Sollte nix schief gehen", sagte Jonas professionell. Er hatte bereits vor einer Woche die Wände und Fenster vermessen, als Wiebke beim Friseur war, und so das Material vorbereiten können. Tatsächlich hatten sie in eineinhalb Stunden den ganzen Raum hüfthoch mit Planken ausgekleidet. Jonas nagelte noch die Abschlussbretter auf die Kanten, so dass sich ein kleiner Absatz ergab. Lukas schoss derweil eine zweite Reihe Nägel in die Bretter. Dann fehlten nur noch die flachen Leisten um das Fenster. Es war noch nicht einmal 11 Uhr, als der Raum fertig war.

„Oh Gott, ihr seid die Besten!", flog Lena dem verdutzten Jonas um den Hals.

Dierk lud die beiden Männer zu einer deftigen Brotzeit ein, Simon und Miriam, die mit ihrem Bruder gefrühstückt hatte, stellten die Regale an ihren zukünftigen Platz und halfen dann Lena beim Einsortieren der Bücher.

Das Sideboard kam unter den neuen großen Fernseher, Entschuldigung: „Heimkinoanlage", und verdeckte die Anschlusskabel und Stecker. Simon holte sich die Leiter, um die neuen, wollweißen Leinenvorhänge aufzuhängen. Alle Möbel waren weiß und hoben sich herrlich von der gelben Tapete ab. Die umlaufende Verschalung aus weißem Holz gab dem Raum ein leicht schwedisches Flair, das durch die offenen Regale im

Landhausstil noch unterstrichen wurde. An einer Wand standen weiße Schränke mit Unterbauten aus geschlossenen Türen und Aufsätzen mit Vitrinentüren, welche durch überkreuzte Sprossen und einen Kranzaufsatz ganz besonders schwedisch wirkten.

Jonas und Lukas saßen noch mit Dierk im Gastraum, der jetzt Jonas ein großzügiges Trinkgeld zusteckte, da dieser kein Geld für die Arbeitszeit nehmen wollte.

„Ich freu mich, wenn Wiebke es schön hat. Außerdem lass ich mich gerne mal auf ein schönes Stück von Wiebkes Apfelkuchen einladen. Lass dein Geld stecken", sagte er jetzt zu Dierk, der darauf bestand Jonas zu bezahlen. Nach etwas hin und her nahm er 200,-€ für das Material an. Dierk steckte auch Lukas 50,-€ Trinkgeld zu, der sich nicht so anstellte, allerdings erst einen Seitenblick zu seinem Chef riskierte, der stumm nickte.

Als Dierk und Simon das große neue Sofa brachten, war der Raum schon fast fertig eingerichtet. Alle Bücher hatten ihren Platz gefunden und strahlten jetzt mit dem neuen Raum um die Wette. Das neue cremeweise Sofa bestand aus einem 3-Sitzer mit einer Recamiere und einem bequemen Ohrensessel mit dem gleichen Bezug. Sie stellten das Sofa leicht schräg in den Raum, und nicht vor eine Wand, was der großen Wohnlandschaft die Schwere nahm. Mit den hübschen Sprossenfenstern im Hintergrund, und den Vitrinenschränken zur Rechten, wirkte der Raum jetzt wie aus einem „Schöner Wohnen" Heft. Miriam brachte den zotteligen, großen Teppich aus cremefarbenen Fransen und platzierte ihn zwischen Sofa und Fernseher.

Ein kleiner weißer Tisch schuf den Übergang zwischen dem Ohrensessel und dem Sofa. Lena holte noch eine Reihe Kissen in unterschiedlichen Größen, die, wie die Wände, in einem hellen Gelb erstrahlten. Jedes Kissen hatte ein anderes Muster. Sie alle hatten das gleiche Hellgelb, wurden durch schmale cremeweiße Streifen in Karos unterteilt oder hatten ein florales Muster aus weißen Blüten und Ranken, manche waren auch einfach nur uni. Aus dem tiefen Sofa wurde eine herrliche, kuschelige Wohlfühloase. Der Ohrensessel bekam eine weiche, hellgelbe Decke, welcher dünne wollweiße Streifen ein Schottenmuster gaben, über die Lehne. Lena nutzte die tiefen Fensterbretter für große Glasvasen, die sie mit cremefarbenen Stumpenkerzen bestückte oder mit kleinen Holzstücken aus Treibgut auffüllte. In eine der Fensternischen stellte sie eine Reihe unterschiedlicher Bilderrahmen mit Fotos der Familie, die sie in den letzten Wochen zusammengetragen hatte. Eine andere Fensterbank bekam einen ganz besonderen Schmuck in Form einer weißen und kräftig blühenden Hortensie. Eine kleine Stehlampe sorgte für indirektes Licht und wurde neben dem Sessel als Leselampe postiert.

„Wow! An dir ist ja eine Innenarchitektin verloren gegangen", sagte Dierk anerkennend. Auch Miriam, die seit einer gefühlten Ewigkeit nichts mehr gesagt hatte, war sprachlos. Sie hatte Sektgläser und Tante Wiebkes gutes Geschirr in die Vitrinen dekoriert und sah sich jetzt begeistert um.

„Ach, Quatsch!", wiegelte Lena ab, obwohl sie zugeben musste, dass ihr Innenraumdesign extrem gut gefiel und sie wirklich Spaß am Einrichten hatte. Simon, der die Küche aufgeräumt hatte, kam hinzu und pfiff ebenfalls durch die Zähne.

„Wenn Tante Wiebke das sieht, heult die Rotz und Wasser", sagte er sichtlich gerührt. „Lena, du bist echt eine Künstlerin." Er kam zu ihr gelaufen und drückte sie fest an sich. „Echt, Respekt."

Lena fiel der leere Bilderrahmen auf, der aus vielen Einzelrahmen bestand und an der Wand zwischen den Fenstern hing. Auf den Rahmen deutend fragte sie in die Runde: „Was haltet ihr davon, wenn wir an den Strand gehen und ein paar Fotos von uns für Wiebke machen und dann lade ich euch beim alten Störtebecker zu Krabbenbrötchen ein".
Begeistert stimmten alle zu und freuten sich auf den Nachmittag.

Nur 30 Minuten später waren sie auf der Uferpromenade angekommen. Lena und Miriam hatten sich umgezogen und geschminkt. Miriam trug jetzt ein bunt gemustertes Tuch um den Kopf, das ihre wilden Locken bändigte. Lena hatte sich das Haar zu einem festen Zopf gebunden und trug ihre rote Regenjacke mit dem rot-weiß gestreiften Futter in der Kapuze. Gemeinsam rannten sie jetzt an den Strand und Lena schoss Fotos. Simon hatte seine Hosen hochgekrempelt und stand mit nackten Füßen im eiskalten Meer. Mit den Händen formte er ein Herz und Lena drückte auf den Auslöser. Es wurde ein tolles Bild. Dann jagte er mit Miriam am Strand entlang. Sie fielen sich lachend in die Arme und boten ein neues tolles Fotomotiv. Lena schoss eine Reihe Bilder. Simon und Miriam, die Stirn an Stirn in die Kamera lachten. Lena machte eine Nahaufnahme, die Miriams Sommersprossen deutlich zeigte und dem Bild eine ganz besondere Tiefe gaben. Alle Bilder wurde in Schwarzweiß aufgenommen. Lena liebte schwarzweiß Bilder. Sie lenkten den Blick des Betrachters nicht durch schreiende Farben ab. Da die Bilder für Tante Wiebkes neues Zimmer waren, mussten sie farblich zum Raumkonzept passen. Vielleicht würde Lena sie in Sepia ausdrucken, das würde sie dann zuhause am Laptop entscheiden.

Dierk nahm sich jetzt einen Stecken und malte ein riesiges Herz in den Sand, Lena machte eine Serie Bilder und schließlich nahm ihr Miriam den Foto ab und schoss eine Serie von Lena und Dierk, die sich tief in die Augen sahen.

Jetzt bestand Dierk darauf, noch ein paar Fotos von Lena zu machen. Diese schlüpfte spontan aus den Schuhen und krempelte ebenfalls die Hosen hoch….mit nackten Füßen sprang sie so hoch sie konnte und machte, unter den begeisterten Rufen der anderen, Figuren in der Luft, versuchte ihre Fersen zu berühren oder gab den klassischen Hampelmann….lachend und vor Freude und Lebensmut sprühend fing Dierk sie mit der Kamera ein.

Als sie später mit den Krabbenbrötchen in der Düne saßen und die Bilder sichteten, konnten sie sich kaum entscheiden, welches die schönsten waren.

11. Die Überraschung

Lena, Dierk und Miriam saßen im Gastraum, als endlich die Tür aufflog und Tante Wiebke und Christel zur Tür hereinschneiten. Simon war im Hintergrund mit dem Gepäck beschäftigt, das er auf dem Handkarren vom Bahnhof zum Haus gezogen hatte.
„Was denn? Begrüßungskomitee?", wunderte sich Wiebke und blickte mit feuchten Augen in die Runde. „Wie schön, dass ihr alle da seid! Ihr glaubt gar nicht, was wir alles zu erzählen haben, stimmt's Christel?", damit drehte sie sich begeistert zu ihrer Schwester um, die zustimmend nickte.
Miriam hatte inzwischen Gläser geholt und stellte eine Flasche Friesengeist auf den Tisch, während Christel und Wiebke ermattet auf die große Eckbank fielen. Wiebke schlüpfte direkt aus den Schuhen und begann ihre schmerzenden Beine zu massieren. „Das ist ne Weltreise, das sag ich euch", lachte sie, ohne aufzuhören, ihre Beine zu reiben.
„Ich brauch jetzt nen Schnaps und dann geh ich auch heim", sagte Christel und blickte abwartend in die Runde. Es war vollkommen klar, dass sie nur wegen der Überraschung mitgekommen war und jetzt gespannt war wie ein Flitzebogen. Lena und Dierk wollten jedoch warten, bis Wiebke sich ein wenig von den Strapazen der Reise erholt hatte und Zeit gefunden hatte, von Elton John und den Erlebnissen in Dänemark zu erzählen.
„Kinder, Kinder! Das war so toll. Ich kann euch gar nicht genug danken, ihr habt mir so eine große Freude gemacht!", sagte Wiebke jetzt auch prompt und wunderte sich, als keiner etwas entgegnete. „Die Bühne, und dann dieser Flügel!", schwärmte sie jetzt begeistert. „Ach der Mann hat eine Stimme….", sie

brach ab und wischte sich eine kleine Freudenträne aus dem Augenwinkel. „Ich kann euch das jetzt alles gar nicht erzählen, ich muss das erst mal selber begreifen, es war einfach nur toll!", strahlte sie jetzt in die Runde. „So eine wunderbare Überraschung!"

Christel griff derweil nach den Gläsern und schenkte allen großzügig ein, dann tranken sie darauf, dass sie alle wieder glücklich zuhause und vereint waren, und natürlich auf Elton John.

Nachdem sich die erste Euphorie etwas gelegt hatte, blickte Lena fragend zu Dierk, der kaum merklich die Augen niederschlug um sein o.k. zu geben.

Wiebke entging der Blickwechsel der beiden nicht und sie wurde sofort etwas unruhig. „Es ist doch hoffentlich nichts passiert, als ich weg war?", fragte sie jetzt besorgt.

„Nein, ganz im Gegenteil!", lachte Miriam, die schon seit einer halben Ewigkeit die Luft angehalten hatte aus Angst, sofort mit den Neuigkeiten herauszuplatzen.

„Aber was ist denn dann? Ich spür doch, dass ihr irgendwas im Schilde führt!", fragte Wiebke jetzt belustigt und zwinkerte ihnen zu, während sie mahnend den Zeigefinger hob.

„Bist du bereit für eine weitere Überraschung?" Dierk hatte sich vorgebeugt und seine Hand auf Wiebkes Hände gelegt.

„Was denn? Noch eine Überraschung? Ich weiß nicht. Ich glaub, ich habe noch immer weiche Knie von Elton John. Was ist denn jetzt schon wieder?", fragte sie etwas bang, als ihr das breite Grinsen der Kinder und ihrer Schwester Christel auffiel.

Lena ergriff jetzt das Wort und nahm eine aufrechte Haltung an, während sie ebenfalls eine von Wiebkes Händen ergriff.

„Liebe Tante Wiebke!", sprach sie jetzt feierlich. „Du hast mir ein Heim gegeben, als ich heimatlos war. Du kanntest mich nicht und hast mir einen Job und Kost und Logis auf Lebenszeit

angeboten, und vom ersten Tag an hast du mir das Gefühl gegeben, zu dieser Familie zu gehören. Du hast mich aufgenommen und Dierk und mich in allem unterstützt, was wir uns vorgenommen haben. Du lässt uns hier wohnen und fütterst uns durch, obwohl die wenige Arbeitskraft, die wir in der Pension leisten, bei weitem nicht die Ausgaben aufwiegen, die du durch uns hast, und weigerst dich Geld von uns zu nehmen. Wir möchten uns heute bei dir für all das bedanken und hoffen, dass dir die Überraschung so gut gefällt wie uns."
Lena drückte noch einmal Wiebkes Hände, die schon wieder Tränen in den Augen hatte, und bedeutete ihr aufzustehen. Nur auf Nylonstrümpfen folgte Wiebke Lena und Dierk, die sie an den Händen hielten und zur Tür des Fernsehzimmers führten. Miriam, Christel und Simon drängten sich dicht hinter sie, um ja nichts zu verpassen.
„Liebe Wiebke, du hast in diesem Haus keinen Rückzugsort. Dein Wohnzimmer ist der Aufenthaltsraum für die Gäste, dein Schlafzimmer ist der kleinste Raum im Haus und das Fernsehzimmer hat schon bessere Zeiten gesehen. Wir hoffen, dass du dich in Zukunft gerne in diesem Raum aufhältst und dich hier von der anstrengenden Arbeit erholen kannst", damit öffnete Lena die Tür und ließ Wiebke eintreten.

Das Erste, was jedem ins Auge fiel, war, wie hell der Raum mit den gelben Tapeten wirkte, welche fröhliche Ausstrahlung die weißen Möbel, die hellen Gardinen und die sonnigen Farben dem Raum gaben. Wiebke stand wie vom Donner gerührt und schlug die Hände vors Gesicht.
„Das gibt es doch nicht?", schrie sie begeistert. Tränen rollten ihr über das Gesicht und auch Christel, die ihnen gefolgt war, legte beide Hände an ihren offenen Mund und staunte. Die beiden Frauen fielen sich in die Arme. „Hast du DAS etwas

gewusst?", fragte Wiebke jetzt, die sich im Raum drehte und nicht wusste, wo sie zuerst hingucken sollte. Dierk kam dazu und nahm Wiebke in den Arm. „Ich hoffe, es gefällt dir, sonst machen wir natürlich alles wieder rückgängig", scherzte er.
„Bloß nicht!", heulte Wiebke jetzt in Dierks Kragen und drückte ihn, so fest sie konnte. Dann war Lena an der Reihe. „Hast du das alles gemacht?", fragte sie jetzt erstaunt und nahm sie fest in den Arm.
„Nun, ich habe es geplant und die Möbel besorgt. Aber ohne die fleißigen Helfer hätten wir es nicht geschafft", sagte Lena und zeigte auf Miriam und Simon, die um die Wette strahlten und ihrer Tante ebenfalls in die weit ausgebreiteten Arme fielen. Eine Weile standen sie einfach nur so da, hielten sich fest, bis Wiebke sich vorsichtig aus der Umarmung löste und langsam im Raum umher ging. Bewundernd strich sie mit den Fingern über das glatte Holz der neuen Regale, berührte die Windlichter in den Fenstersimsen und begutachtete die alten Fotos in den kleinen Rahmen. „Mein Gott, sieh mal Christel, da waren wir keine 10 Jahre alt. Beim Schlittenfahren...weißt du noch den harten Winter damals?"
Christel trat zu ihr und blickte begeistert auf die alten Fotos. „Meine Güte, wo habt ihr die denn her?", freute sie sich und sie schwelgten eine Weile in alten Erinnerungen. Dann gingen sie weiter, sahen den schönen Bilderrahmen, der zwischen den beiden großen Fenstern hing und aus vielen kleinen Einzelbildern bestand. Wiebke deutete auf das Foto, auf dem Simon ein Herz mit den Händen formte, und lächelte ihn glücklich an. Simon trat hinter seine Tante, schlang ihr von hinten die Arme um die Taille und drückte sie liebevoll. „Die haben wir heute am Strand gemacht, extra für dich!", grinste er und drückte Wiebke einen Kuss auf die Wange. Sofort rollten wieder kleine Freudentränchen aus ihren Augen. Sie

zog Simon mit sich zu den Vitrinenschränken und bewunderte ihr kostbares Geschirr, das auf den Regalbrettern dekoriert war. „Christel, sieh nur. Mein gutes Geschirr, und die Kristallgläser!", freute sie sich.

Miriam kam mit einem Tablett Sekt herein und bat alle, sich zu setzen, um das neue Sofa zu testen. Das ließen sie sich nicht zweimal sagen. Nachdem alle Platz genommen hatten und Dierk Wiebkes Füße auf die Recamiere gelegt hatte und ihr eins der fröhlich gelben Kissen in den Rücken stopfte, was diese lachend mit sich geschehen ließ, stießen sie miteinander auf Wiebkes neues Wohnzimmer an.

Christel, die in dem großen, cremeweißen Ohrensessel mit den dicken, weichen Kissen Platz genommen hatte, ließ den Blick hin und her schweifen und blieb schließlich an dem großen glänzenden Rahmen über dem Sideboard hängen. Erstaunt hob sie die Hand in Richtung des LED-Monitors und blickte ihre Söhne fragend an. „Ist es das, wofür ich es halte?", fragte sie mit weit aufgerissenen Augen. Simons Grinsen wurde so breit, wie sein gesamtes Gesicht.

„Ja, meine Damen, das ist ein Flachbildschirm!"

Er stand auf und schaltete das Gerät ein. Im Dritten Programm lief ein Naturfilm und im nächsten Moment erstrahlte ein Marienkäfer auf einem Grashalm auf dem Bildschirm, der so groß war wie Wiebkes erstauntes Gesicht.

„Das ist nicht euer Ernst?", sagte sie jetzt und keiner wusste im ersten Moment, ob sie sich freute oder entsetzt war. Dann brach sie in schallendes Gelächter aus. „Da kann ja sogar ICH ohne Brille fernsehen", lachte sie und schlug sich auf die Schenkel.

„Das ist kein Fernseher, Tante Wiebke,...", sagte Simon,

„sondern eine HEIMKINOANLAGE!", plärrten Lena und Miriam aus einem Mund und bogen sich vor Lachen.

Simon hatte sich unterdessen die Fernbedienung geschnappt und schaltete auf 3Sat, wo im nächsten Moment das Bühnenbild von Mozarts Hochzeit des Figaro zu sehen war, und Cecilia Bartoli „Non so piu" durch das Wohnzimmer schmetterte. Tante Wiebke fasste sich ergriffen ans Herz, während sich ihre Augen mit Tränen füllten. Auch Christel saß ganz andächtig in ihrem Sessel und lauschte der Musik. Sie alle genossen den Moment. Es war, als würden sie wahrhaftig im Konzert sitzen. Der Sound war so brillant, dass es sie alle mitriss und sie sich eine ganze Weile der Musik und der Oper hingaben. In die neuen Kissen gekuschelt, mit den Beinen unter den Körper gezogen, warfen sich Miriam und Lena verstohlene Blicke zu. Ja, die Überraschung war ihnen wirklich geglückt.

Es war weit nach Mitternacht, als Christel und Simon schließlich den Heimweg antraten. Die Männer hatte sich in den Gastraum verkrochen und ein Bier getrunken, während die Damen noch ein Weile der Oper gelauscht und dazu Sekt getrunken hatten. Das gab dem Tag einen ganz besonderen Ausklang. Miriam, Christel, Wiebke und Lena hatten im neuen Fernsehraum gesessen und nur leise miteinander geflüstert, um die Musik in vollen Zügen genießen zu können. Als Wiebke sich jetzt noch einmal in ihrem neuen Zimmer umsah, war ihr noch immer, als wäre sie in einem Traum.
„Sag mal Lena, meinst du, wenn ich ein bisschen Geld locker mache, kannst du dir auch mal mein Schlafzimmer vornehmen? Das hat seit 20 Jahren keine neuen Tapeten mehr gesehen, und ich glaube, also allmählich wird es Zeit", sagte sie

jetzt und drückte vorsichtig Lenas Hand, die sofort anfing zu strahlen.

„Das mache ich wahnsinnig gerne", entgegnete Lena, die Wiebkes altes Schlafzimmer nur einmal kurz gesehen hatte und sich noch mit Schrecken an das uralte Mahagonibett mit dem wuchtigen Kopf- und Fußteil erinnerte, das schon Wiebkes Eltern gehört hatte. Christel, die schon Mantel und Schuhe anhatte, nickte ihrer Schwester nur kurz zu. „Eine gute Entscheidung, das ist schon lange überfällig", schmunzelte sie, dann verabschiedete sie sich in Begleitung von Simon, der ihr noch mit dem Gepäck auf dem kurzen Heimweg helfen wollte. Auch Miriam schloss sich kurz danach an, und verschwand in die Nacht, nachdem sie alle noch einmal herzlich von Wiebke gedrückt und umarmt worden waren, die noch immer vor Dank und Freude keine Worte fand.

****

Der nächste Morgen erwartete das Haus mit Sonnenschein. Lena schwang sich aus dem Bett und schlüpfte in eine bequeme Jeans und das neue weite Sweatshirt mit den Fledermausärmeln. Dann rannte sie die Treppe runter, um mit Wiebke zu frühstücken. Sie konnte es kaum erwarten, das alte Schlafzimmer auszuräumen und zu planen, es machte ihr wirklich wahnsinnig Spaß, und offensichtlich hatte sie Talent dafür.

Als sie zur Tür reinkam, saß Dierk schon strahlend am Kaffeetisch und grinste breit. „Was denn, ist Wiebke noch nicht auf?", frage Lena jetzt, die es nicht gewohnt war, dass Wiebke nach 9 Uhr noch nicht auf den Beinen war. Jetzt war es halb zehn. Dierk zeigte nur grinsend auf die Tür zum neuen Wohnzimmer, das dem Gastraum genau gegenüber lag. In dessen weit geöffneter Tür konnte Lena Tante Wiebke sehen, die mit strahlendem Gesichtsausdruck das Zimmer wieder und wieder musterte und schließlich mit dem Blick an der neuen Deckenleuchte hängen blieb. Die Hängelampe bestand aus hunderten von kleinen Fransen, die angeordnet waren wie die Samenkörner einer riesigen Pusteblume. Lena hatte die Lampe gesehen und sich sofort verliebt. Jetzt merkte auch Wiebke, dass sie beobachtet wurde und drehte sich lachend zu Lena um.

„Mein Gott, Kind. Das ist so schön, ich bin noch immer ganz benommen, ich komm da gar nicht über", sagte sie leise.

„Na dann, lass uns dein Schlafzimmer mal begutachten, ich glaube, es gibt noch viel zu tun", grinste Lena und fing den dankbaren Blick von Wiebke auf.

Nachdem sie kräftig gefrühstückt hatten, ging die kleine Prozession durch das Haus los. Lena traute ihren Augen nicht, als Wiebke die Tür zum Schlafzimmer öffnete. Das war wirklich ein Alptraum. Der kleine Raum war vollgestellt mit alten, wuchtigen Möbeln aus dunklem Holz, die das Gefühl der Enge nur noch verstärkten. Über dem Bett hing ein Bild in einem verschrammten Goldrahmen, welches das letzte Abendmahl zeigte. Die Tapeten waren beige mit grünen Ranken, die ein Muster aus ovalen Kränzen bildeten. Durch die verschossenen Vorhänge, die einmal flaschengrün gewesen sein mussten, fiel das Sonnenlicht ins Zimmer. Neben dem Bett gab es einen altmodischen Frisiertisch mit einem Aufsatz aus einem dreiteiligen Spiegel, der stellenweise blind war. Unfähig etwas zu sagen, drehte sich Lena hilfesuchend zu Dierk um, der ohne große Umschweife zum Punkt kam.

„Das ist alles Sperrmüll, das fliegt komplett raus", sagte er bestimmt.

Wiebke nickte nur zustimmend. "Das hätte ich schon vor Jahren machen sollen", schmunzelte sie.

Simon, Jonas und Miriam wurden zusammengetrommelt. Mit vereinten Kräften schafften sie es, die Möbel zu zerlegen und die großen Teile im Garten mit der Kettensäge und einer Axt in handliche Stücke zu zerteilen, die im Küchenofen verschürt werden konnten. Jonas lieh ihnen noch einmal sein Auto, um die große Matratze und die anderen Teile zum Sperrmüll zu fahren.

Der Raum war gegen Nachmittag leer, wo Miriam und Lena sich sofort daran machten, die alten Tapeten mit Spülwasser einzusprühen. Erste Versuche, die Tapete abzulösen, scheiterten kläglich. Anders als im alten Fernsehzimmer hing diese hier bombenfest und löste den Putz mit ab. Es musste ein anderer Trick her. Die beiden Frauen sprühten abwechselnd und blickten auf die Uhr, aber es half nichts. Ohne einen richtigen Tapetenlöser waren sie hier aufgeschmissen.

Den nächsten Tag erwarteten sie mit Spannung. Simon hatte am Festland Tapetenlöser geholt und einige andere Dinge auf Lenas Liste, die den ganzen Abend an den Plänen und Entwürfen gearbeitet hatte. Im Internet hatte sie neue Vorhänge, Tapeten und einen flauschigen Teppich bestellt, und wie schon zuvor, im Schwedischen Möbelhaus eine Reihe Möbel ausgesucht, die sie diesmal selber abholen und transportieren wollten. Dierk hatte mit der Reederei gesprochen und den Transport angemeldet und so fuhren die

Männer am Vormittag los, um Lenas vorbestellte Waren abzuholen.

Lena und Miriam rührten in der Zeit den Tapetenlöser an und beteten, dass dies den Durchbruch bringen würde. Nachdem die erste Wand eingesprüht war und sie 10 Minuten gewartet hatten, machte Lena den ersten Versuch. Nichts bewegte sich, die vielen Schichten alter Tapete klebten auf dem Putz wie angenagelt. Lena sank der Mut, sie versuchte es mit einem Spatel, kratzte aber nur noch mehr Putz ab, der bröckelnd zu Boden fiel. Es gelang ihr gerade mal, ein daumengroßes Stück abzureißen. Das brachte sie nicht weiter. Miriam wurde langsam rabiat, „geh mal zur Seite Lena!", sagte sie jetzt, pumpte noch einmal kräftig und benetzte die Wand erneut mit dem Tapetenlöser, dass es nur so von den Wänden tropfte. Dann gingen sie hinüber in die Küche, um einen Kaffee zu trinken. Miriam stellte den Küchenwecker auf 30 Minuten. „Wenn es dann noch immer nicht ab geht, sprengen wir den Raum einfach", sagte sie resigniert und ließ sich auf die große Eckbank plumpsen. Sie tranken Kaffee, vermieden das Gespräch über die vermaledeite Tapete und schließlich zauberte Miri einen Schnaps hervor.
„Den brauchen wir jetzt, und dann rücken wir dem Ding zu Leibe."
Der Küchenwecker rappelte und Lena und Miriam sprangen ohne große Erwartungen auf, um nach den Wänden zu sehen. Zu ihrer großen Überraschung hatte sich etwas getan. Die Tapete warf Blasen, in manchen Ecken hingen die Bahnen von der Wand. Lena und Miriam fielen sich lachend in die Arme….Oh Gott, das war echt ein hartes Stück Arbeit. Noch immer löste sich die Tapete nicht ganz freiwillig, aber mit ausreichend Tapetenlöser schafften sie es langsam, aber

erfolgreich, die 4 Schichten alter Tapete abzuziehen. Sie brauchten den ganzen Tag für den winzigen Raum, aber das war egal, sie hatten es geschafft.

Jonas, Simon und Dierk kamen gegen 20 Uhr mit den Möbeln zurück und konnten nicht glauben, dass noch nichts geschehen war. Sie hatten gehofft, dass die Mädels den Raum schon tapeziert hatten.
„Da muss eben doch wieder das Dreamteam ran", witzelte Simon und zwinkerte seinem Bruder zu.

Lena erwachte mit Muskelkater und Schmerzen in den Beinen, aber das war ihr egal. Sie schwang sich aus dem Bett. Heute kam der schöne Teil der Arbeit und den wollte sie auf keinen Fall verpassen. Unten wurde schon fleißig gehämmert und gesägt und Lena nahm an, dass Jonas bereits eingetroffen war, um das neue Parkett zu verlegen. Er hatte Wiebke einen Restposten helles Eichenparkett günstig verkauft und wollte wie immer kein Geld fürs Verlegen nehmen. Wiebke, die in eines der Gästezimmer umgezogen war, stand unterdessen in der Küche und buk ihren berühmten Apfelkuchen, den Jonas so liebte.

Als Lena die Treppe runterkam war das Chaos schon im vollen Gange. Der Tapeziertisch stand mitten im Weg. Eimer, Kleister, Tapeten und diverse Pinsel lagen bereit, Jonas und Simon rannten rein und raus, um im Garten die Bretter mit der Kreissäge zu kürzen. Lena spitzte in den Gastraum, da saßen Miri und Dierk und tranken Kaffee. „Gott sei Dank, es gibt auch Frühstück!", scherzte Lena, die vor Muskelkater ihre Arme nicht heben konnte.

Dass Dierk trotz ihrer Erschöpfung gestern Nacht noch „seine Dankbarkeit" zeigen wollte, hatte sich sicher auch nicht förderlich ausgewirkt. Bei der Erinnerung an die letzte Nacht begann sie schelmisch zu grinsen. Dierk, der ihren Blick auffing, konnte sich ebenfalls nicht zusammenreißen. „Na? Hast du dich gestern etwas verausgabt?", witzelte er und Lena wusste genau, worauf er anspielte. Miriam blickte von einem zum anderen und prustete dann los. „Sagt Bescheid, wenn ich störe", kicherte sie.

„Bescheid", plärrten Lena und Dierk lachend, wurden aber direkt von Wiebke unterbrochen, die mit einem Blech herrlich duftendem Apfelkuchen durch die Schwingtür trat. Ja, man musste Prioritäten setzen.

Das Verlegen des Parketts war eine schnelle Angelegenheit. Nach knapp zwei Stunden war Jonas fertig und saß jetzt breit grinsend im Gastraum, vor sich einen gigantischen Teller Apfelkuchen und einen Becher Kaffee.

Dierk klebte derweil die Tapeten, die Miriam und Lena vorschnitten und fachmännisch einkleisterten. Sie waren ein Dreamteam. Simon, der schon das Parkett verlegt hatte, gönnte sich eine Pause, wurde aber nicht müde im Türrahmen aufzukreuzen und schlaue Ratschläge zu geben, bis ihn Dierk mit dem Kleisterlappen, den er in der Hand hielt, spaßhalber verprügelte. Die beiden jagten durchs Haus und hatten offensichtlich noch immer zu viel Energie. Lachend und nach Luft japsend kamen sie schließlich wieder vor dem Schlafzimmer zum Stehen.

„Komm Simon, du kannst jetzt noch das Fenster machen, ist doch deine Disziplin", bestimmte Dierk und Simon schwang sich ohne zu murren auf die Leiter. Bis zum Nachmittag hingen auch die Tapeten und Wiebke, die mal wieder nicht gucken durfte, verschanzte sich in der Küche und kochte ein butterweiches Gulasch für die ganze Familie, dessen unwiderstehlicher Duft durchs ganze Haus zog und ihnen den Mund wässrig machte.

****

Die Überraschung stand bereits am Abend an. Simon und Dierk hatten die Möbel aufgebaut und die Vorhänge aufgehängt, dann hatte Lena sie alle aus dem Zimmer gejagt. Den gestrigen Tag hatten Lena und Christel auf dem Festland verbracht, wo sie in diversen Möbelgeschäften große Kissen, Decken, Bettwäsche und Dekomaterial eingekauft hatten. Es hatte ihnen beiden riesigen Spaß gemacht, und es war schön, mit Christel auch mal unter vier Augen sprechen zu können. Sie verstanden sich prächtig und Lena war froh, zu Dierks Mutter so einen guten Draht zu haben. Sie machte es einem aber auch leicht. Christel war so eine liebenswerte und fröhliche Person, die immer ein offenes Ohr und Zeit für ihre Kinder hatte, ohne sie mit ihrer Liebe zu erdrücken oder zu versuchen, sich in ihr Leben einzumischen. Lena hatte Christel ab dem ersten Tag ihn ihr Herz geschlossen.

Jetzt stand zum zweiten Mal die ganz Familie versammelt vor einer verschlossenen Tür und wartete auf die Überraschung.
„Bist du bereit?", fragte Lena, die Wiebke im Gastraum abgeholt hatte und in Begleitung ihrer Schwester und Wiebkes Nichte und Neffen zur Tür geschoben hatte. Wiebke griff mit der Linken nach der Hand ihrer Schwester und mit der Rechten nach Lenas Hand und nickte dann stumm mit geschlossenen Augen.

„1, 2, 3", zählte Lena, dann öffnete sie die Tür und bedeutete Wiebke die Augen zu öffnen.

Der kleine Raum erstrahlte jetzt in einem hellen Blau. Die himmelblaue Tapete hatte ein unauffälliges Muster aus feinen weißen Streifen, das Bett, das etwas abgerückt von dem großen Fenster mit den weißen Sprossen stand, war jetzt nur noch 140cm breit und dominierte den Raum nicht so stark wie das alte riesige Ehebett. Alle Möbel waren aus weißem Holz und überall schwang das Thema „Luft und Himmel" im Raum. Lena hatte neue Bettwäsche gekauft, sie war ebenfalls himmelblau mit einem Fotodruck einer riesigen Pusteblume, die in der unteren linken Ecke stand und ihre kleinen Fallschirme quer über das Bett wehen ließ, bis hinauf in das himmelblaue Kissen. Eine weiche, wollweiße Decke hing wie zufällig über dem Fußteil aus gedrechselten Stäben, die den Landhausstil unterstrichen. In einer Ecke des Raums stand ein bequemer Sessel, der dank einer Leselampe zum Relaxen und Lesen einlud, oder einfach als Kleiderablage genutzt werden konnte. Daneben stand eine schmale, hohe Kommode, auf der sich ein Standspiegel befand. Ein paar von Wiebkes Schmuckstücken lagen auf der Kommode zur Anprobe bereit. Daneben stand eine Ansammlung von kleinen Bilderrahmen mit weiteren Familienfotos. Hinter der Tür hingen zwei Regale, die eine Hutablage und eine Reihe Kleiderhaken boten. Lena hatte die Bretter der Hutablagen zweckentfremdet und stattdessen ein paar Bücher auf die beiden Regale verteilt, was besonders schön aussah.
Ein bodentiefer Spiegel nahm das Licht auf, das durch das Fenster fiel, und verbreitete es im ganzen Raum, was das Zimmer viel größer aussehen ließ.

Es gab einen breiten Kleiderschrank, der dank seiner durchscheinenden Schiebetüren aus transparentem Milchglas nicht zu wuchtig wirkte und trotzdem Wiebkes gesamte Garderobe aufnehmen konnte.

Ein kleines Tischchen trennte das Bett vom Fenster, der Durchgang war noch immer breit genug, um das Bett zu umrunden. Wiebke ging jetzt auf das Fenster zu, und besah sich das Windlicht und die blaue Hortensie, die in einem veilchenblauen Übertopf steckte. Am Fensterkreuz baumelte ein kleiner Kranz aus künstlichen Gänseblümchen mit einem himmelblauen, langen Band.

Sie alle staunten, ließen sich Zeit, um den Raum auf sich wirken zu lassen.

Wiebke strahlte.

„Hier werde ich sicher gut schlafen!", stellte sie zufrieden fest.

„Lena, du hast da echt Talent für", sagte sie anerkennend und sich noch immer staunend umsehend, dann zog sie Lena fest in ihre Arme und drückte sie herzlich. „Das ist das schönste Zimmer, das ich je gesehen habe", sagte sie aufrichtig und wieder kullerten kleine Freudentränen aus ihren Augen.

Dann drückte sie ihren Neffen Dierk und Simon jeweils einen Kuss auf die Wange und umarmte Miriam liebevoll. „Ihr seid die tollsten Kinder der Welt, wisst ihr das?"

Am Abend saßen alle im Gastraum und aßen von Wiebkes herrlich duftendem Gulasch. Dazu gab es Drillinge und einen Salat. Die Herren tranken wie üblich Bier, Christel hatte Opa Herrmann mit dazu geholt, der ebenfalls begeistert mampfte und sich über die Abwechslung freute. Wiebke, Lena, Miri und Christel hatten sich einen guten Rotwein eingeschenkt, der hervorragend zum Fleisch passte. Schmatzend und schwärmend gab es für sie kein anderes Thema als die Veränderungen im Haus in den letzten Tagen.

„Man müsste die ganze Pension renovieren", stellte Wiebke trocken fest und blickte in die Runde.
„Hast du nicht erst vor zwei Jahren die Gästezimmer machen lassen?", fragte jetzt Christel neugierig.
„Ja, aber jetzt, wo ich gesehen habe, was Lena alles daraus zaubern könnte, gefallen sie mir nicht mehr", gab Wiebke nachdenklich zu und Christel konnte nur zustimmen.
„Aber leider habe ich nicht das Geld, um alles neu zu machen", jammerte Wiebke.
„Vielleicht geht es ja auch anders?", schlug Lena jetzt vor. „Ich hatte schon oft den Gedanken, dass man die orangen Vorhänge aus dem Krähennest in die 7 hängen könnte. Dort ist fast alles cremeweiß und der Raum könnte dringend ein bisschen Farbe brauchen. Die dunkelblauen Vorhänge aus der 8 passen dafür hervorragend in das Kapitänszimmer. Dafür würde ich die Cremeweißen in das Krähennest hängen. In der 10 steht ein Sofa, das einfach zu dominant für den kleinen Raum ist. Das würde im Kapitänszimmer mit einem neuen Überzug großartig wirken. Dazu müsste man die Deko etwas überarbeiten, ein paar Bilderrahmen streichen, aber das ist alles keine große Sache, wenn ich darf, dann dekoriere ich in den nächsten Tagen einfach ein bisschen um, und du sagst mir, was du davon hältst", bot Lena begeistert an.
„Dich hat wirklich der Himmel geschickt!", freute sich Wiebke und so beschlossen sie, dass Lena ab sofort die neue „Chefin im Bereich Interior und Design" wurde, wie Simon es hochgestochen formulierte. Na, wenn das mal kein Grund zum Feiern war. Sie stießen auf die Neuerungen an und Lena war

unendlich glücklich über diese tolle neue Familie, die sie dazugewonnen hatte.

12. Tage am Meer

Lena saß in ihrem Strandkorb. Sie hatte die Schuhe ausgezogen und wühlte mit den Zehen im Sand. Hier hatte alles angefangen. Nachdenklich blickte sie über das Wasser. Der Himmel war heute strahlend blau, kleine Wattewölkchen hoben sich deutlich vom Himmel ab. Die Sonne gab ihr Bestes, um die erste Schar Urlauber zu begrüßen. Heute war Saisonbeginn. Die Osterferien hatten begonnen, und mit ihnen kamen die ersten Gäste auf die Insel. Die Strandkörbe rund um Lena waren gut besucht. Sie hatte wieder einen blau-weißen ergattert, in der ersten Reihe, am Meer, so wie bei ihrer Ankunft vor knapp einem halben Jahr.
Langsam erhob sich Lena aus dem Strandkorb, klopfte sich die Füße ab und schlüpfte in ihre Schuhe. Dann ging sie langsam hinauf zur Strandpromenade.
Oben erwarteten sie schon Dierk, Wiebke, Miriam und Tamara mit Nele. Lena ging langsam auf die kleine Gruppe zu. Sie standen vor der Strandbude, die auf Höhe des letzten Strandkorbes stand. Alle trugen weiße Hosen und die maigrünen Poloshirts mit dem Logo des Strandkorbcaterings auf dem Rücken und ihrem Namen, der links oben auf der Brusttasche eingestickt war. Dazu hatten sie sich die langen, weißen Kellnerschürzen umgebunden, die Lena extra bestellt hatte. „Ihr Team" sah umwerfend aus und war allem Anschein nach startklar. In wenigen Minuten würden sie eröffnen. Die kleinen Stehtische links und rechts der Bude waren mit glänzenden, weißen Tischdecken aus wetterfester Folie bestückt, welche mit grünen Schleifen um den Fuß zusammengehalten wurden. Auf den Tischen stand ein Tablett

mit Sekt und auf dem anderen ein silbernes Tablett mit winzigen Canapés. Beim Näherkommen erkannte Lena, dass jemand ein rotes Band zwischen die beiden Tische gespannt hatte. Nele stand bereits mit einer Schere bereit, die sie jetzt Lena hinstreckte. „Hier, es ist gleich 11 Uhr, du musst eröffnen", strahlte sie aufgeregt. Lena hatte plötzlich Tränen in den Augen. „Ihr seid ja total verrückt", lachte sie vor Rührung und nahm die Schere in die Hand, worauf Dierk einen Countdown anstimmte, in den alle einfielen. „10….9…8…", zählte Dierk und Lenas Kloß im Hals wurde immer größer. „4….3…..2…1", schrien alle, dann brandete Jubel auf und Lena durchschnitt unter dem Applaus ihrer Freunde das Band. Sie fielen sich alle lachend in die Arme, Lena wischte die Freudentränen weg, irgendwer drückte ihr ein Glas Sekt in die Hand und dann war es so weit: Lena hatte ihr erstes eigenes Unternehmen eröffnet. Es war wirklich ein ganz besonderer Moment. Sie stießen miteinander unter den neugierigen Blicken der Urlauber an und wünschten sich gegenseitig viel Erfolg.

Lena ließ ihren Blick über die Strandkörbe wandern. „Meint ihr, es ruft jemand an?", fragte sie bang in die Runde. In diesem Moment klingelte das Telefon. Lena stand wie vom Donner gerührt. Nele stieß einen Jubelschrei aus, die anderen hielten die Luft an. Lena huschte in die Bude, riss den Telefonhörer aus der Station, „Strandkorb Catering, Sie sprechen mit Lena, was darf ich für Sie tun?", flötete sie geschäftsmäßig in den Hörer.
„Mama!", Lena verdrehte genervt die Augen, die anderen bliesen die Luft aus, die sie bis eben angehalten hatten.
„Nein, Mama, ich habe noch nichts verkauft, wir haben ja erst seit 2 Minuten geöffnet", sagte Lena belehrend.

„Ja, Mama. Danke für deine guten Wünsche,... ja, ich weiß, dass du es nur gut meinst,....aber ich muss jetzt aufhören, sonst können meine Kunden ja nichts bestellen, wenn ich das Telefon mit Privatgesprächen blockiere", sagte Lena jetzt deutlich sanfter und fügte ein „Ich hab dich auch lieb Mama...Grüß Papa....und ja, wir sehen uns dann in 14-Tagen, wenn hier der erste Trubel rum ist. Ich freu mich auf Euch", hinzu. Dann legte sie auf.

„Meine Mutter", erklärte Lena überflüssigerweise, und alle fingen an zu lachen. „So sind Mütter eben", sagte Dierk und bekam gleich einen Stupser von Christel, die eben eingetroffen war.
„Wo kann ich helfen?", fragte jetzt Christel munter in die Runde, kam aber nicht weiter, weil sie erst mal von allen Seiten geherzt und gedrückt wurde.
„Hier ist noch tote Hose", stellte Tamara trocken fest, trank ihr Glas leer und schnappte sich das Tablett mit den Canapés. „Ich geh das jetzt mal ändern."
Bevor einer was sagen konnte, war Tamara mit dem Tablett unterwegs zum ersten Strandkorb.
„Hallo, ich bin vom Strandkorb Catering. Wir haben heute eröffnet. Darf ich Ihnen etwas zum Probieren anbieten?", fragte Tamara unter den staunenden Blicken der restlichen Mannschaft. Die beiden Rentner beugten sich nach vorne, um das Angebot zu begutachten, dann schnappte sich jeder eine der angebotenen Servietten und eine der kleinen Köstlichkeiten auf dem Tablett.
„Wir liefern, Krabbenbrötchen, Kuchen und vieles mehr zu Ihnen in den Strandkorb", erklärte Tamara. „Sie finden eine Karte mit unserem Angebot hier in ihrem Strandkorb", sie

zeigte auf die Menükarte, die in die Seitenwand des Korbes geklemmt war.

„Wissen Sie, wir sind ja heute erst aus Wanne-Eickel angereist", erklärte der Mann jetzt etwas träge. Er war stark übergewichtig und sein massiger Bauch verdeckte die winzige Badehose komplett. Zumindest hoffte Lena, die von der Strandbude aus das Geschehen beobachtete, dass er eine Badehose anhatte. Seine Frau trug ein zeltartiges Gewand in großgeblümt und glotzte staunend in Lenas Richtung. „Wat meinste Hilde, solln wir uns watt gönnen? Is ja unser erster Tach", meinte der Herr aus Wanne-Eickel.

„Der Sekt ist heute im Angebot", hakte Tamara sofort ein und tatsächlich bestellte das Ehepaar zwei Krabbenbrötchen und zwei Gläser Sekt.

Nele, die alles mit angehört hatte, griff sofort nach dem Tablett und konnte es nicht erwarten, die erste Bestellung auszuliefern.

Tamara wanderte unterdessen zum nächsten Strandkorb. „Hallo ich bin Tamara vom Strandkorb Catering. Wir haben heute tolle Eröffnungsangebote. Möchten Sie unsere Canapés probieren?", flötete sie fröhlich und hatte keine Minute später die nächste Bestellung. Nele war ihrer Mutter dicht auf den Fersen, holte die notierten Bestellungen ab, Lena und Christel richteten die Tabletts, Dierk und Nele trugen die Bestellungen aus. Wiebke tippte alles in die Kasse, um Nele zum Kassieren zu schicken. Alle wussten, dass Nele für ihren Führerschein sparte, und so gönnten sie ihr das Trinkgeld von Herzen.

Simon kam, als das Geschäft im vollen Gange war und staunte nicht schlecht. Er reihte sich sofort in das Geschehen ein, holte die Bestellungen von Tamara ab und half beim Abtragen des Geschirrs. Miriam hatte den Spüldienst übernommen und so hatten sie alle ihre Aufgabe gefunden, ohne dass man sich groß absprechen musste. Der Laden brummte, und um kurz nach 12 waren die Krabbenbrötchen und der Sekt ausverkauft.

Tamara kam mit dem leeren Tablett zurück und Lena musste sie erst mal bremsen.
„Mach langsam!", stöhnte Lena und strahlte Tamara glücklich an. „Du bist ja verrückt!", lachte sie jetzt und drückte ihre Freundin herzlich.
„Nun, wir haben noch ca. 50 Körbe vor uns", konterte Tamara und blickte auf den Strandkorb Plan, den sie in den letzten Tagen alle auswendig gelernt hatten. Leider hatte die Kurverwaltung die Körbe nicht nach Nummern aufgestellt, sondern kreuz und quer. Lena hatte einen Plan gemacht und die Nummern der Strandkörbe farbig markiert. Gelb waren dreistellige Nummern, grün die zweistelligen und blau die einstelligen. So fand man sich auf dem Plan schneller zurecht.
„Wir sind fast ausverkauft", unterrichtete Christel jetzt das Team. „Wir können nur hoffen, dass am Nachmittag nur Kaffee und Kuchen läuft", sagte sie schulterzuckend.
„Ich ruf den Störtebecker an, ich brauch noch Krabbenbrötchen für die Verliebten am Abend!", jammerte Lena.
„Ich hol noch Sekt aus dem Lager", bot sich Dierk an und Nele sprang sofort begeistert auf und wollte helfen. Miriam verabschiedete sich. „Ich muss dann auch mal in die Düne, schließlich haben wir heute auch Saisonstart. Ich begleite euch gleich."
Auch Wiebke und Christel mussten los. „Kommt ihr klar?", fragte Christel besorgt.
„Na sicher, wenn Tamara etwas langsamer macht, dann klappt das alles", lachte Lena und dann schickte sie Tamara los, beim alten Störtebecker noch Krabbenbrötchen zu holen. Es war

kein Geheimnis, dass der Fischhändler ein Auge auf Tami geworfen hatte, so war damit zu rechnen, dass er Himmel und Hölle in Bewegung setzen würde, um Tamara nicht zu enttäuschen.

Simon schnappte sich derweil ein Stück Kuchen und pflanzte sich mit einem riesigen Becher Kaffee in den leeren Strandkorb vor der Bude, den Lena extra für ihr Team gemietet hatte.

Tatsächlich rief niemand in dieser Zeit an. Es hatte sich noch nicht rumgesprochen, dass man in der Bude anrufen konnte, und wäre Tamara nicht mit dem Tablett durch die Reihen gelaufen, hätten sie außer zwei Bechern Kaffee, den jemand direkt an der Bude abgeholt hatte, und einem Stück Apfelkuchen nicht viel verkauft.

Dierk und Nele waren als erste zurück und brachten 3 Kisten Sekt auf einer Sackkarre, die sie sofort in den kleinen Getränkekühlschrank einsortierten.

Als Tamara den Fischladen von Feinkost Störtebecker betrat, kam der Besitzer gleich freudestrahlend hinter seiner Theke vor. Der Laden war leer, es war noch sehr ruhig auf der Insel.

„Tamara, meine Schöne, die Sonne geht auf", freute er sich und drückte Tami länger als nötig die Hand. Tamara hauchte Kai zur Begrüßung links und rechts ein Küsschen über die Schulter, was dieser freudestrahlend erwiderte, dann kam sie ohne Umweg zur Sache. „Kai, du musst uns helfen, die Krabbenbrötchen sind aus. Bitte sag, dass du noch Nachschub hast!", jammerte sie theatralisch, was seine Wirkung nicht verfehlte.

Kai Störtebecker kratzte sich nachdenklich am Hinterkopf.

„Ich hab noch zwei in der Auslage, aber das hilft dir nicht, oder?", fragte er jetzt und Tami schüttelte zur Bestätigung nur traurig mit dem Kopf.

„Hm? Ich hab nur noch eingelegte Krabben, das müsst ihr dann den Kunden aber sagen, ja? Die Frischen sind aus."

„Das ist o.k. Kai, gib mit was du hast", sagte Tamara aufrichtig. Kai Störtebecker verzog sich nach hinten, in seine Küche, und kam wenig später mit 10 frischen Krabbenbrötchen zurück. Sie tranken noch einen Schnaps zusammen und dann marschierte Tamara mit ihrer neuen Beute zurück zur Bude.

****

Die Eröffnung war ein voller Erfolg. Sie hatten an diesem ersten Tag so viel eingenommen, wie Lena im ganzen Monat kalkuliert hatte. Es war wirklich ein Traum. Und Lena war einfach nur unendlich glücklich und erleichtert, dass alles so gut geklappt hatte. Nach dem langen Tag saßen sie jetzt alle in der Düne und stießen auf ihren Erfolg an. Tamara, Nele, Wiebke, Christel, Simon und Dierk. Sogar Miriam gesellte sich hin und wieder zu ihnen und überließ das Kommando ihrem Aushilfskellner Joonas, einem großgewachsenen, attraktiven jungen Mann, der eine Ausbildung im Inselcafé machte, und somit leider nicht zum festen Stamm von Miriams Angestellten gehörte, obwohl er der Einzige war, der immer da war und schon das dritte Jahr neben seiner Ausbildung in der Düne arbeitete. Es war kein Geheimnis, dass Joonas und Miriam kurzzeitig ein Paar waren. Aber es hatte zwischen ihnen nicht geklappt. Der wesentlich jüngere Joonas war nicht der richtige Partner für eine taffe Geschäftsfrau wie Miriam, aber sie waren Freunde geblieben, die ein ganz besonderes Band verband, und die den ganzen Tag miteinander rumalberten. Darum war es auch nicht verwunderlich, dass Joonas nach Dienstschluss alle noch überredete, mit in den gegenüberliegenden Club zu gehen. Lena war so voller Adrenalin und aufgedreht von den Ereignissen des Tages, dass sie spontan zusagte. Wiebke und Christel verabschiedeten sich ins Bett und so fiel die Jugend kurz nach 23 Uhr in die Bar „Treibsand" ein, wo sie mit lauten Technoklängen begrüßt wurden.

****

Die Nacht im Treibsand war lang, Miriam hatte Lena auf die Tanzfläche gezogen, kaum hatten sie den Raum betreten und auch Tami ließ sich nicht lange bitten, als sie von ihrer Tochter Nele in den hinteren Bereich gezogen wurde, wo sich bereits eine Horde Jugendlicher kräftig zu den Beats bewegte. Joonas, Simon und Dierk blieben an der Bar und tranken ein Bier, während die Mädels ausgelassen tanzten und alle Blicke auf sich zogen. Lena sieht so glücklich aus, dachte Dierk und das Herz ging ihm auf, wenn sie sich wild gestikulierend zu ihm umdrehte und ihn anstrahlte. Er wusste, dass sie ihn auf die Tanzfläche ziehen wollte, aber er war nun mal wirklich kein Tänzer und die coolen Moves der jungen Männer schüchterten ihn zusätzlich ein.
Viel zu schnell kam der Morgen und so stand Lena am nächsten Tag etwas übermüdet, aber überglücklich auf.
Die Freundschaft mit Miriam hatte sich sehr positiv entwickelt und auch Tamara und Nele hatten Miriam sofort in ihr Herz

geschlossen, selbst Joonas war ein Teil ihrer Gruppe und Simon war, genauso wie Dierk, sowieso immer dabei. Sie gehörten zusammen, waren ein Team, Freunde fürs Leben. Auch wenn Tami und Nele nur in den Ferien da sein konnten, so trennten sie die Kilometer nicht wirklich. Sie telefonierten alle viel, schrieben sich auf WhatsApp, skypten und schickten sich mit großer Begeisterung ganz altmodisch Karten und seitenlange Briefe. Besonders Simon war für seine langen, romantischen Gedichte bekannt, die er Tamara regelmäßig schickte. Sie hatten einen ganz besonderen Draht zu einander. Auch wenn Tamara wesentlich älter war als Simon und sich keiner von beiden jemals eine romantische Beziehung erhofft hatte, waren sie zusammengewachsen. Sie verstanden sich ohne Worte, lachten manchmal, ohne dass die anderen verstanden worum es ging. Wenn Tami auf der Insel war, passte kein Blatt Papier zwischen die beiden. Nele hingegen hing an Dierks Lippen, wenn er ihr etwas über das Meer und die Gezeiten erklärte. Sie konnte stundenlang nach Seesternen und anderen Meeresbewohnern fragen und wurde nicht müde, Dierks Ausführungen zu lauschen.

Als Lena jetzt in ihrem Strandkorb saß und aufs Meer blickte, hoffte sie, dass alles für immer so blieb.

Epilog

„Die Drei hat bezahlt und ich habe schon wieder 2,50€ Trinkgeld bekommen", sie stellte das Tablett auf den Tresen und räumte die Gläser ein.
Das Klingeln des Telefons unterbrach ihre Arbeit.
„Herzlich willkommen beim Strandkorb Catering, Sie sprechen mit Nela, was darf ich für Sie tun?", flötete sie in den Hörer.
„Zwei Krabbenbrötchen? Sehr gerne. Möchten Sie auch ein Getränk dazu? Zu Krabbenbrötchen empfehlen wir ein Glas Prosecco oder unser gutes friesisches Bier, außerdem ist der Champagner die Woche im Angebot", Nele, die sich inzwischen „Nela" nannte, lauschte angestrengt ins Telefon.
„Sehr gerne! Welche Nummer hat ihr Strandkorb? Wunderbar, bis gleich!"
Nela legte auf und ging zur Kasse, um die Bestellung zu bonieren. Einen Bon spießte sie auf den bereitstehenden Halter auf, den anderen steckte sie in ein kleines Schnapsglas, damit der Wind ihn nicht davon wehte.
„Du machst das großartig!", lobte Lena sie.
Das Strandkorb Catering bestand seit nun mehr als 2 Jahren und Nela und Tamara kamen regelmäßig in den Ferien zum Aushelfen.
Nela legte die frischen Krabbenbrötchen auf die Teller, schützte sie mit einer Haube und stapelte alles in einen der großen, rechteckigen Körbe, die sie zum Ausliefern benutzten. Dann stellte sie zwei Gläser in die dafür vorgesehene Halterung und schnappte sich die Champagner Flasche. Es hatte sich herausgestellt, dass es nahezu unmöglich war, voll eingeschenkte Gläser zu servieren, während man über den

weichen Sandboden lief. Alle Getränke wurden daher am Platz eingeschenkt, was dem Ganzen noch mehr Exklusivität verlieh. Den Urlaubern gefiel es, wenn vor ihren Augen das Glas von den eiskalten Getränken beschlug. Kaffee und Cappuccino servierten sie in hohen Thermobechern mit Deckel oder trugen die Kaffeekanne und Milchschaum ebenfalls an den Platz. Die Thermobecher, mit dem Aufdruck des Strandkorb Catering, waren bei den Urlaubern inzwischen so beliebt, dass Lena sie sogar auf Wunsch verkaufte, genauso wie die kleinen Glaswindlichter.

Der Inselbäcker war vor einiger Zeit in größere Räume in der Fußgängerzone umgezogen, und daher stand jetzt der Laden an der Strandpromenade zum Verkauf. Lena überlegte umzuziehen. In dem großen Laden hätte sie wesentlich mehr Platz, als hier in dem kleinen Kiosk, außerdem gab es eine große Küche. Bisher hatte Lena alle Vorbereitungen in Wiebkes Küche gemacht. Ihr Unternehmen hatte sich inzwischen stark etabliert. Lenas Catering Service umfasste nicht nur den Strand, sondern man buchte sie gerne für Hochzeiten, Todesfälle, Gemeinderatssitzungen oder Geburtstage. Bei großen Gesellschaften platzte selbst Tante Wiebkes Küche aus den Nähten. Ein weiterer Nachteil war, dass Lena nichts stehen lassen konnte, da Wiebke den Platz für ihre Frühstücksvorbereitung brauchte.

„So, alles fertig!", Tamara kam angeradelt, stellte ihr Fahrrad außer Atem in den Radständer vor Lenas Kiosk. „Canapés und die Horsd'œuvre für 50 Personen, kalte Platten, Wurst, Käse, Fisch, steht schon alles in der Düne. Die Torte wurde auch schon geliefert. Alles Palletti!", freute sich Tami.
„Der Champagner?"

„Alles da! Mach dir bitte keine Sorgen, alles im Griff", grinste Tami.
Es war nicht Lenas erste Hochzeit, aber jedes Fest war immer wieder eine neue Herausforderung. Würde alles klappen, hatte sie auch nichts vergessen? Die Trauungen im kleinen Amtszimmer, im Leuchtturm der Insel, waren etwas Besonderes und gehörten zum „Hochzeitspaket" von Lenas Eventagentur. „Heiraten auf dem romantischen Leuchtturm mit Blick über das Meer und den Sonnenuntergang, Champagner Empfang in der Düne 17, eine Woche im Hochzeitszimmer der Pension Wiebke, kostenloser Fahrradverleih und geführte Wattwanderung durch den Meeresbiologen Dierk Hansen", versprach der Prospekt. Das Komplettangebot wurde gerne gebucht.

Dierks Forschung ging gut voran, er hatte eine kleine Forschungsgruppe mit seinen Studenten gegründet und war nur an zwei Tagen in der Woche in Hamburg, wo er an der Uni unterrichtete. Die meiste Zeit konnte er so auf der Insel bei Lena sein.

Das rote Kleid stand Lena ungemein gut. Sie hatte es in Hamburg entdeckt, als sie nach einem Kleid für den 70. Geburtstag ihres Vaters gesucht hatte, und sich sofort verliebt. Der hochgeschlossene U-Bootausschnitt des enganliegenden, bodenlangen Kleides fiel in weichen Wellen um ihren Hals. Die Rückansicht war dafür umso spektakulärer. Der tiefe Wasserfallausschnitt im Rücken war beinahe unerhört tief und ging nahtlos in den langen Rock über, der hinten eine kleine Schleppe bildete. Sie musste selber zugeben, dass sie atemberaubend gut aussah.

Lena stand am Eingang zum Leuchtturm unter dem großen Bogen aus cremefarbenen Rosen. Tami und Nela hatten sich ebenfalls herausgeputzt, sie trugen beide ein flaschengrünes Kleid aus weichem Chiffon. Tamis Kleid war eng anliegend und kurz, Nela hatte das gleiche Kleid, allerdings mit weit schwingendem Rock. Die beiden sahen hinreißend aus, mit den kleinen cremefarbenen Rosenknospen, die sie sich in die Haare geflochten hatten. Tamara und Simon waren heute die Trauzeugen, und Nela fungierte als Brautjungfer.

Lenas Mutter kam mit Tränen in den Augen aus dem Leuchtturm gelaufen. „Der Dierk ist schon oben Kind, der darf dich ja erst am Traualtar sehen, gell?"

Lena küsste ihre Mama auf beide Wangen: „Geh schon mal vor, Mama! Wir sind hier dann auch so weit", sagte Lena glücklich und nickte ihrem Vater zu, der sich bereits bei ihr eingehängt hatte.

Der Posaunenchor stimmte den Hochzeitsmarsch an, dann setzte sich die kleine Prozession in Bewegung.

ENDE

Danksagung

Ich danke meinem Mann Stefan für seine unendliche Geduld und Liebe. Du stehst immer hinter mir, egal wie verrückt meine Pläne auch sind, und glaubst an mich.

Danke auch an meine liebe Freundin Elke. Du bist Pate gestanden für die Figur der Tamara und bist genauso liebenswert und verrückt wie sie. Danke, dass du schon so viele Jahre Teil meines Lebens bist.

Ein dicker Kuss geht an Elkes Tochter, Tamara. Du warst Pate für die Figur der bezaubernden Nele. Ich hatte beim Schreiben dein Bild vor Augen. Du bist meine wunderschöne Nele und es ist sooo schön, dass es dich gibt.

Mein herzliches Dankeschön an Anke, meine Lektorin. Du hast Fehler gefunden, die ich schon 1000 Mal überlesen habe. Dein Wissen über die Kommasetzung, Rechtschreibung und dein geschulter Blick für doppelte Wörter und Sinnfehler waren für mich eine große Bereicherung. Ich konnte enorm viel von dir lernen. Danke, dass du dich so tapfer und schnell durch die Seiten gearbeitet hast.

Danke auch an Rieka Beewen von der Kurverwaltung die mir das tolle Foto für das erste Cover zur Verfügung gestellt hat. Es ist ein traumhaftes Bild, auch wenn es im Zuge der Überarbeitung leider weichen musste.

Ebenso geht mein Dank an Pastor Günther Raschen, für die Erlaubnis seine Predigt, in Auszügen, im Buch abzudrucken.

Zuletzt danke ich meinen Lesern dafür, dass sie dieses Buch gekauft haben.
Ich freue mich über deine Bewertungen auf den Buchportalen und auf meiner Facebook-Autorenseite sowie auf Instagram.

www.facebook.com/KatjaFionaGraf
Instagram: @fiona_schreibt

Leseprobe

Evan – always forever

Die Lüge

„Das ist nicht dein Ernst?" Ich starre Kyle mit weit aufgerissenen Augen an und versuche, in seinem Gesicht zu lesen, ob er mich auf den Arm nimmt. Er verzieht keine Miene.

„Leider doch!" Mit hängendem Kopf lässt er sich auf mein Sofa sinken, die Finger fest ineinander verschränkt. Dann dreht er mir das Gesicht zu und blickt mich mutlos an.

„Scheiße, Mann!", entfährt es mir.

„Tu nicht so erhaben! Du hast auch schon Mist gebaut", herrscht er mich an.

„Ich hab sogar schon großen Mist gebaut! Aber gegen dich bin ich noch immer ein Waisenkind!"

„Klasse! Danke für die Hilfe! Vater bringt mich um!"

„Oh, ja! Das wird er.", ich drehe mich zum Fenster und blicke hinaus, um mich abzulenken. Ich muss nachdenken. „Und wenn wir es ihm gar nicht sagen?", frage ich, einer plötzlichen Eingebung folgend.

„Was? Wie soll ich das denn machen?" Kyle funkelt mich wütend an, als wäre ich total meschugge.

„Nächsten Monat wird Dad 70. Willst du ihm echt den Geburtstag vermiesen? Dich vor der ganzen Verwandtschaft bloßstellen lassen? Den ganzen Abend nur das Gerede darüber, was für eine Enttäuschung du doch für ihn bist?"

„Danke Sarah, das hilft mir echt weiter! Ich weiß selber, dass er mich hassen wird. Enterben! An den Pranger stellen! Wenn er Twittern könnte, wäre es schon am nächsten Morgen online: Mein Sohn ist ein Versager!", Kyle zeichnet die Headline mit den Fingern in die Luft.

„Jetzt bleib' doch mal sachlich! Ich meine das ernst. Wir warten bis nach dem Geburtstag. Das Semester geht noch bis Ende des Jahres. Bis dahin muss er gar nicht mitbekommen, dass du nicht mehr in die Vorlesungen gehst. Dann präsentierst du eine schlechte Note, heulst ein bisschen rum, dass der Stoff zu schwer ist und du dir die falsche Studienrichtung ausgesucht hast und jetzt erst gemerkt hast, dass es nichts für dich ist."

„Ich bin kein Mädchen! Ich heul nicht rum. Vielleicht bist du mit der Nummer bei ihm durchgekommen, ich jedenfalls nicht!"

„Mann, du bist aber auch echt nicht kreativ! Scheiße, Mann! Echt! Du sollst nicht wirklich heulen! Du jammerst, führst ein ernstes Männergespräch in seinem Raucherzimmer und erklärst ihm bei einer testosteronschwangeren Zigarre und einem Scotch, deine Zukunftspläne!"

„Die da wären?"

„Soll ich das auch noch für dich klären, Kyle? Verdammt, du hast jetzt fast 8 Wochen Zeit. Du suchst dir ein Praktikum und bekommst hoffentlich eine geile Stelle im Vertrieb oder so. Du kannst Evan mal fragen oder Mitch, ob sie was für dich haben."

Mein Bruder zieht interessiert eine Augenbraue in die Höhe. „Ach daher weht der Wind? Evan oder Mitch? Du bist noch immer scharf auf ihn und ich soll dein Kontaktmann sein, was?", knallt mir Kyle an den Kopf. Sein anzügliches Lächeln drückt leider nur zu deutlich aus, was er von der Idee hält.

„Red keinen Scheiß! Ich mag Evan, ja! Er ist smart, sieht gut aus und ist erfolgreich! Und: Ja! Er könnte dir helfen! Weil er nämlich im Gegensatz zu dir schon seit drei Jahren eine eigene und obendrein erfolgreiche Firma hat", schreie ich ihm entgegen.

„Weil er eine erfolgreiche Firma hat", äfft mich mein Zwillingsbruder nach. Ich möchte ihn am liebsten eines der großen, festen Sofakissen um die Ohren hauen, so wütend bin ich.

„Du vergisst, dass Evan auch drei Jahre älter ist, als wir", sagt Kyle jetzt, um unser Gespräch auf die Spitze zu treiben.

Ich werde ihm nicht den Gefallen tun und ihn darauf hinweisen, dass Evan in seinem Alter bereits einen Masterabschluss hatte, und angefangen hat sein Unternehmen aufzubauen. Es würde uns keinen Schritt weiterbringen.

„Soll ich ihn jetzt fragen oder nicht!", sage ich um Fassung bemüht.

„Du würdest sogar mit ihm schlafen, damit er mich einstellt, oder?", grinst Kyle blöd.

Zu blöd. Er fängt an, Grimassen zu schneiden, und fuchtelt mit dem Finger belustigt vor meinem Gesicht herum. Eigentlich möchte ich sauer sein, aber er hat mich ertappt. Natürlich stehe ich noch immer auf Evan. Und ja: Ich würde mit ihm schlafen. Um jeden Preis.

Gegen meinen Willen muss ich leider auch grinsen. Und dann fall ich neben ihm aufs Sofa und lache hysterisch. Kyle stimmt mit ein. Wir können nicht mehr aufhören. Tränen fließen aus meinen Augen, ich habe einen richtigen Lachflash.

Ihm geht es nicht besser, er japst, haut sich auf die Schenkel und bricht erneut in schallendes Gelächter aus. Ich brauche ganze zehn Minuten, um mich zu beruhigen. Unmöglich Kyle anzuschauen. Sobald wir uns sehen, geht es wieder von vorne los. Ich habe schon Bauchschmerzen. Die ganze Szene ist so skurril.

Unser Vater wird austicken. Aber das ist sein Problem. Kinder werden nicht geboren, um die Erwartungen der Eltern zu erfüllen. Kinder müssen ihre eigenen Wege gehen und ihre eigenen Fehler machen. Ein Prinzip, das unser archaischer Vater nie anerkennen wird. Er lebt noch immer die Vorstellung einer Familie mit einem totalitären Vater als Oberhaupt. Ich hatte es als Mädchen tatsächlich leichter. Ich war seine kleine Prinzessin und sah in unserem riesigen, alten Herrenhaus wirklich so etwas wie ein Schloss. Kyle hatte es schon immer schwerer. Als Junge wurde er früh ins Internat gesteckt. Man erwartete von ihm, dass er eines Tages studieren würde, einen tollen Abschluss nach Hause bringt und erfolgreich ist. Das Studium zu schmeißen, war nicht Teil des Plans. Das hatte unser Vater bei mir schon nicht akzeptiert. Drei Monate hat er nicht mit mir gesprochen, als ich ihm sagte, dass ich das Wirtschaftsstudium nicht fortführen würde.

Eigentlich hatte er sich gewundert, dass es mir überhaupt möglich war, eine Universität zu besuchen. Ich hatte das kommunale Schulsystem durchlaufen, kein Elite Internat, wie Kyle. Als ich schließlich das Studium bereits im ersten Semester aufgab, war das für meinen Vater die Bestätigung, dass es rausgeworfenes Geld gewesen wäre, mich auf eine bessere Schule zu schicken. Mädchen waren nicht zum

Studieren geschaffen. In seinen Augen sollte ich bald heiraten und meine Rolle als Frau einnehmen.

Natürlich ließ er wie immer die Fakten außer Acht, dass ich seit zwei Jahren einen festen Job hatte, hart arbeitete, eine eigene Wohnung bezahlte und zudem von Zuhause ausgezogen war, um ihm nicht länger auf der Tasche zu liegen! Es reichte ihm nicht, um stolz auf mich zu sein.

Und jetzt würde Kyle mir folgen. Wir waren eben doch Zwillingsgeschwister. Wir waren keine Theoretiker. Wir wollten etwas mit unseren Händen tun, arbeiten. Wenn es sein musste, hart anpacken. Aber nicht jahrelang studieren. Die Theorie runterbeten, um irgendwann einen Titel auf eine Visitenkarte drucken zu können war uns nicht wichtig. Wir wollten etwas bewegen. Ich würde Kyle bei Evan unterbringen. Er betrieb als Architekt ein großes Planungsbüro, dass er mit zwei weiteren Freunden zu einem internationalen Konzern aufgebaut hatte. Irgendwo in seinem Unternehmen würde ich einen Platz für Kyle finden. Ich selbst hatte als Sekretärin bei Winterfields angefangen und wurde schnell zur persönlichen Assistentin von Mitch. Leider hatte Mitch seine Finger nicht von mir lassen können, sodass ich mich früh entschied, das Unternehmen zu wechseln. Zumindest hatte Mitch den Anstand gehabt, mir ein außerordentliches und gutes Zeugnis zu schreiben, obwohl ich ihm eine Abfuhr erteilt hatte. Evan, dem die ganze Aktion nicht entgangen war, hatte sich damals für mich stark gemacht und mich in der renommierten Kanzlei von Brothers & Brothers untergebracht. Dem persönlichen Anwalt von Evan Winterfield.

Schon immer hatte mir Evan gefallen. Er war in der Schule drei Klassen über mir, und ich hatte für ihn geschwärmt, seit ich ihn das erste Mal gesehen hatte. Es war die Schwärmerei eines Schulmädchens und viel zu schnell, verließ Evan unserer Schule und studierte in Deutschland Architektur. Ich hatte ihn eine Ewigkeit nicht mehr gesehen. Bis zu dem Tag im September. Als er plötzlich im Regen vor mir stand und mir einen Job anbot. Ich glaubte damals, mein Herz würde mir in die Hose rutschen. Hätte mir jemand prophezeit, dass ich einmal Tür an Tür mit Evan arbeiten würde, dann hätte ich ihm den Vogel gezeigt. Aber vielleicht wollte das Schicksal uns zusammenbringen? Vielleicht sollte es so sein? Aber am Ende war ich die Assistentin von Mitch, einem weiteren Schulfreund meines Bruders, den ich schon seit Kindesbeinen kannte. Nur dachte Mitch, dass unsere Zusammenarbeit auch Extraleistungen beinhaltete und ich ihm auch für andere Dienste zur Verfügung stehen müsste und das war dann das Ende unserer kurzen Zusammenarbeit.

Begegnungen

Der Morgen war kalt und grau, es sah nach Regen aus. Ich hatte schlecht geschlafen und mir den Kopf über Kyles Probleme zerbrochen. Mist, Mist und noch mal Mist. Er steckte in Schwierigkeiten, und wie immer, war ich es, die ihn rausboxen musste. Schon immer war Kyle für mich, wie ein kleiner Bruder. Vielleicht, weil ich die Erstgeborene war. Immerhin hatte ich satte 30 Minuten vor ihm das Licht der Welt erblickt. Kyles Geburt verlief plötzlich schwierig, während ich wie ein Korken aus unserer Mutter herausgeploppt bin und nahezu eine Sturzgeburt hingelegt hatte, steckte Kyle fest und mit jeder Minute wurde die Geburt dramatischer. Kyle war schwächer als ich und wurde von unserer Mutter immer besonders verhätschelt. Vermutlich weil er bei der Geburt die Nabelschnur um den Hals hatte und fast gestorben wäre. Wir waren zweieiige Zwillinge und offensichtlich hatte ich es mir moderater eingerichtet und meinem Bruder zu wenig Platz gelassen. Wie auch immer, ich fühlte mich von je her als die Stärkere und das war ich wohl auch. Kyle war noch immer ein verwöhnter kleiner Junge. Vater hatte in rechtzeitig auf die höhere Schule geschickt und ihn in Elite Internaten ausbilden lassen. Ich musste mich schon immer durchbeißen. In Situationen wie dieser zeigte sich, dass ich den längeren Atem hatte. Ganz im Gegensatz zu Kyle, der an jeder neuen Aufgabe zu scheitern drohte. Er war keine Schwierigkeiten gewöhnt. Wenn er Probleme hatte, lief er zu unserem Dad und der brachte alles für ihn in Ordnung. Jetzt war ich diejenige, die für ihn die Kohlen aus dem Feuer holen musste. Er war mein kleiner Bruder. Was sollte ich machen? Ich konnte nicht anders, als ihm zu helfen. Und so drehte sich mal wieder alles in meinem Kopf um Kyle und dem Versuch ihn vor der Wut unseres Vaters zu beschützen, als ich meine Runden durch den Park lief.

Der Wind hatte aufgefrischt und blies mir hart ins Gesicht. Ich hatte mich für meine kuschelige, graue Jogginghose und den lachsfarbenen Kapuzenpulli entschieden, um meine tägliche Joggingrunde entlang der Victoria Tower Gardens zu laufen. Trotz des flauschigen Sweaters war es mir kalt. Ich nahm die Abkürzung über den St. John's Smith Square und lief nicht wie sonst die große Runde über die Westminster Abbey. In der Victoria Street stellte ich mich, wie jeden Morgen, beim Bäcker an. Das „Little Pies" war mein absolutes Lieblingscafé. Der Laden war so winzig, dass nur der Verkaufstresen Platz darin fand. Die Kunden standen deshalb schon am frühen Morgen bis auf die Straße. Im Sommer hatte Little Pies zwei große Marktschirme aufgespannt, die ein paar Stehtische überdachten. Jetzt im Herbst, wo es ständig regnete, wollte niemand mehr im Freien stehen. Man kaufte sich einen schnellen Coffee-to-go und eines der leckeren Gitternetz-Pies und verschwand in Richtung U-Bahn. Ich joggte regelmäßig etwas früher los, ging am Little Pies vorbei und rannte dann nach Hause, um zu duschen. Im Gegensatz zu den meisten Menschen hatte ich den Luxus, erst um 9 Uhr im Büro erscheinen zu müssen, und konnte mir ein ausgiebiges Frühstück gönnen.

Ich stand als Dritte in der Reihe. Die Auslage kam immer näher in mein Blickfeld. Die Kirschtörtchen sahen lecker aus, aber auch die neuen Cranberry-Scoons. Ich drehte ungeduldig den Kopf hin und her, um besser sehen zu können, und stellte mich schließlich auf die Zehen um über die Köpfe der anderen Kunden in den Laden blicken zu können.

„So neugierig, Miss Weston?"

Ich fuhr herum und blicke in Evans blaue Augen. Verdammt! Verdammt sah der Kerl gut aus. Noch viel besser als ich ihn in Erinnerung hatte.....

Evan – always forever
Taschenbuch : 268 Seiten
ISBN-10 : 3755713705
ISBN-13 : 978-3755713708

Weiter erschienen sind:

2016 - Wasser, Wind und Weite
2017 - Küss mich, bevor du gehst
2019 - Keine Sekunde länger
2021 - Evan – always forever

Überall wo es Bücher gibt